ADESSO E PER SEMPRE

Windswept Bay: Volume Quattro

DEBRA CLOPTON

ADESSO E PER SEMPRE

Copyright © 2018 Debra Clopton Parks

Titolo originale: *Forever and for Always*

Traduzione di Ernesto Pavan

Adesso e per sempre

L'addetta alle relazioni pubbliche Olivia Sinclair è stata lontana da Windswept Bay per anni, impegnata ad aiutare l'élite di Hollywood a sfuggire a uno scandalo dopo l'altro. Ma ora è lei ad aver fatto scalpore e a trovarsi sulle pagine di tutti i giornali scandalistici. All'improvviso, tornare a casa a Windswept Bay e mantenere un basso profilo sembra proprio il consiglio migliore che Olivia potrebbe dare a se stessa.

La vita del barcaiolo Brandon "BJ" McCall ha appena subito un cambiamento profondo. Brandon ha appena scoperto di avere un fratello e di aver ereditato milioni; una situazione complicata… anche perché i suoi sentimenti riguardo a entrambe le situazioni sono piuttosto ambivalenti. Ma salvare una bella donna con un pigiamino di Pink Kitty è una complicazione per lui piacevole.

Essere salvata da uno sconosciuto che potrebbe rivaleggiare con uno qualunque dei suoi clienti di

Hollywood non è esattamente ciò che Olivia aveva in mente quando è venuta a casa a nascondersi. Innamorarsi di un tizio che, come poi ha scoperto, sarebbe materiale perfetto per i tabloid non è certo una mossa saggia per una come lei: sta cercando di levarsi dalle copertine delle riviste scandalistiche, non di prendervi posto in pianta stabile!

Ma la situazione è complicata.
Soprattutto sulle spiagge di Windswept Bay, dove il romanticismo è nell'aria e l'amore è una complicazione che potrebbe anche essere impossibile da contrastare.

CAPITOLO UNO

Olivia Sinclair si rigirò nel letto e si coprì la testa con il cuscino mentre il gatto urlava appena fuori dalla finestra. "Piantala," gemette. Aveva bisogno di dormire. Non le sembrava di chiedere troppo: solo un po' di sonno.

Di nuovo quel grido.

"Lasciami in pace," gemette. "Va' via."

Era partita da Hollywood due giorni prima, quando mancavano ore all'alba, e aveva percorso al volante le duemilatrecento miglia che la separavano da Windswept Bay. Aveva cercato di chiudere gli occhi per qualche ora in un paio di alberghi in alcune cittadine, uno nel Texas Panhandle e uno nel Mississipi, ma non era riuscita a dormire molto: la sua mente era troppo oppressa dallo scandalo che le aveva sconvolto la vita.

Le era toccato indossare un berretto e degli occhiali da sole ogni volta che si fermava a far benzina. E quando era entrata da qualche parte per bersi una tazza di caffè o una bibita, aveva dovuto tenere la testa bassa e sperare che nessuno tra quelli che erano in fila con lei guardasse le foto di copertina delle riviste dietro il bancone: la sua foto era spalmata su numerosi tabloid. Certo, nella maggior parte di quelle foto il viso di Olivia era parzialmente nascosto da quello del celebre attore Brad Pearson mentre questi la coglieva alla sprovvista con un bacio venuto dal nulla.

Come gli era saltato in mente di fare una cosa del genere?

Olivia stava ancora cercando di riprendersi da quel bacio e dalle complicazioni che il colpo di testa dell'attore aveva scatenato nella sua vita. Lo scandalo prodotto da quel gesto minacciava di distruggerle la carriera. Brad Pearson era cliente dell'agenzia di relazioni pubbliche per cui lei lavorava e, fino a quel momento, il loro era stato un rapporto esclusivamente d'affari, così come richiesto dall'agenzia. Nonché dalla moralità della stessa Olivia.

Ma non voleva pensarci, ora.

Voleva dormire.

Cosa che non faceva da giorni, costretta com'era a cercare di arrestare la frenesia mediatica scatenata da quel bacio.

La cosa peggiore era che lei avrebbe dovuto prevederlo. Avrebbe dovuto notare che i sentimenti di Pearson nei suoi confronti erano cambiati… ma non lo aveva fatto.

Di nuovo quel grido. *Forse il gatto non stava bene…* Olivia gemette e si tolse il cuscino dalla testa: non poteva ignorare un gatto nei guai. Si mise seduta. "Va bene, va bene."

Lanciò un'occhiata all'orologio e le venne voglia di piangere. Erano solo le cinque e mezza. Con la vista sfocata e la sensazione di navigare in un tunnel di sonno mancato, attraversò la casa camminando a piedi nudi e uscì in veranda, solo per rendersi conto che era una mattinata nebbiosa.

La nebbia era calata da quando lei era arrivata, tre ore prima. Olivia passò lo sguardo lungo il breve sentiero e attraverso l'ampia spiaggia bianca che separava il bungalow dall'acqua. Probabilmente, la nebbia si sarebbe tramutata in pioggia, a giudicare dall'aspetto cupo del cielo.

Il verso si udì nuovamente e Olivia si voltò di scatto nella direzione da cui esso proveniva. Un piccolo gatto giallo se ne stava appollaiato sul bordo del tetto.

"Come hai fatto a salire fin lassù?" Olivia si guardò attorno in cerca di un qualche ramo che il gatto avesse potuto usare. Ne vide uno e capì che l'animale doveva essere caduto dalla palma di tre metri vicino alla casa; o forse si era arrampicato sulla pianta di hamelia e si era tuffato sul tetto. In entrambi i casi, era chiaro che il problema sarebbe stato scendere. Gemendo, Olivia si morse il labbro inferiore e si sfregò la fronte quando si rese conto che avrebbe dovuto prendere una scala per salvare il gatto. La sola idea le fece contrarre il petto. Le altezze non erano il suo forte. Anzi, erano proprio il suo tallone d'Achille: incutevano in lei un terrore paralizzante.

Il gatto urlò di nuovo e inclinò la testa nella sua direzione. Aveva un'aria miserevole.

"Questa cosa non mi piace per niente." Ma era palese che aiutare il gatto a scendere sarebbe stato l'unico modo per lei di riaddormentarsi. *Poteva farcela.* Poteva andare a prendere la scala, salire fino al bordo del tetto, afferrare il gatto e salvarlo, per poi scendere di nuovo. Le sarebbe bastato non guardare in basso e non guardarsi attorno. Tutto lì.

Corse dalla veranda al piccolo capanno nascosto tra gli alberi, dove erano riposti gli attrezzi del custode della grande proprietà in cui si trovava il bungalow. Sua sorella aveva stretto un accordo molto vantaggioso coi proprietari del luogo, che le consentivano di vivere nel bungalow fintantoché lei faceva da custode della proprietà nel corso dell'anno. Era raro che la coppia visitasse il posto; lo stesso valeva per la maggior parte di coloro che possedevano case su quell'esclusiva spiaggia privata.

Nell'aprire la porta, Olivia vide la scala appoggiata al muro; la tirò fuori e la trascinò sulla sabbia. Trasportò la scala fino alla veranda e la appoggiò al tetto, per poi verificare che fosse salda. Aveva la bocca asciutta e le mani umide; poteva anche incolpare la nebbia, ma sapeva che si trattava di sudore. Avere le mani sudate non era una gran cosa, ma le capitava sempre quando c'erano di mezzo le altezze.

Le si rivoltò lo stomaco mentre appoggiava il piede sul primo piolo della scala e si rendeva conto che indossava ancora il pigiama corto. Esitò. *Forse avrebbe dovuto cambiarsi.* I miagolii disperati del gatto la spinsero a mettere da parte quell'idea. E poi, non c'era nessuno in giro e quella di cambiarsi non sarebbe stata che una scusa per rimandare ciò che doveva fare. Il suo stomaco ribelle si tramutò in un mare mosso mentre si costringeva a salire lentamente, un piolo alla volta. La nebbia rendeva scivoloso il metallo, il che non faceva che peggiorare l'ansia di Olivia. Con gli occhi a malapena aperti – per evitare di guardare attorno a sé – raggiunse il bordo del tetto.

Ma il gatto si era ritirato più in là.

Olivia cercò di chiamare l'animale, ma dalla bocca le uscì solo uno squittio. Si schiarì la voce e ritentò; questa volta le uscirono parole vere e proprie. "Vieni qui, micio micio."

Il gatto miagolò più forte.

Il terrore provocato dall'idea di salire sul tetto la attaccò come una bruttissima influenza. Il suo cuore batteva all'impazzata mentre metteva le mani in cima alla scala. Stringendo i denti, salì di un piolo e appoggiò le mani sul tetto. Aveva le dita sudatissime… e le ginocchia deboli.

Quel 'problema' la perseguitava fin da quando era bambina.

"Concentrati sul gatto da salvare," borbottò, guardando il profilo del tetto con un occhio solo e pure semichiuso. "Non guardare in basso." Pronunciò ogni singola parola come un ordine e, lentamente, gattonò dalla scala fino alle tegole umide. Scivolò e il suo piede colpì la scala mentre cercava disperatamente qualcosa a cui aggrapparsi. Per fortuna, non cadde dal tetto.

Ma la scala si schiantò sulla veranda, facendola sussultare.

E mandando in fuga il gatto, che balzò verso il ramo della palma e svanì alla vista.

Olivia osservò a bocca aperta e con gli occhi spalancati il punto in cui l'animale era sparito. "Ahh, ci mancava anche questa," disse con voce tremante mentre la nebbia si trasformava in pioggerella. Il suo morale, già basso, precipitò.

"Grazie mille," mormorò cupamente, levando gli occhi al cielo. "È stata proprio una splendida settimana."

Concentrandosi sul non guardare in basso e sul non scivolare, riuscì a cambiare posizione, passando da gattoni a seduta. La superficie ruvida delle tegole non era piacevole attraverso il tessuto sottile del pigiama. Lanciando un'occhiata alla parabola appena fuori dalla sua portata, ma troppo spaventata per muoversi, sollevò le ginocchia e le circondò con le braccia. Cercando di non andare in iperventilazione e di non mettersi a lanciare urla lancinanti come aveva fatto il gatto, appoggiò il mento sulle ginocchia e si concentrò sull'acqua lontana. Fissando l'acqua, riusciva a fingere di essere sulla veranda, tre metri più in basso.

Sarebbe bastato non guardare in basso e sarebbe andato tutto bene.

Il problema era: come fare a scendere dal tetto?

BJ McCall non sapeva esattamente cosa fosse più bizzarro mentre interrompeva la sua corsa sulla spiaggia privata fradicia di pioggia e fissava il piccolo bungalow dall'altra parte della distesa di sabbia: la donna zuppa di pioggia appollaiata sul tetto, o i fenicotteri rosa cuciti sullo scampolo di tessuto zuppo d'acqua che indossava.

Cosa ci faceva là sopra?

Era stata una settimana lunga e Brandon aveva trascorso diverse notti insonni a fare i conti col fatto che quasi tutto ciò che aveva creduto vero riguardo alla sua vita era in realtà una menzogna. Era ancora sconvolto per quanto aveva appreso in settimana, una rivelazione dalla quale non si era ancora ripreso e dalla quale, forse, non si sarebbe ripreso mai. Da lì la necessità di quella corsetta mattutina sulla spiaggia nebbiosa… la spiaggia privata dove si trovava la casa del fratello che aveva appena scoperto di avere. Una casa che, altra scoperta recente, apparteneva per metà anche a lui.

Non avendo mai desiderato possedere una casa e non avendo mai creduto nell'ideale della fissa dimora, BJ viveva sulla sua barca e andava dove lo portavano il vento o la voglia. La notizia che stava assimilando in quel periodo era inquietante e aveva sconvolto il suo mondo per come lo conosceva. E per come lo voleva.

La donna sul tetto non si muoveva.

Esisteva davvero? O era un parto della sua mente privata del sonno?

BJ si sfregò gli occhi e per poco non arrivò a credere che la donna appollaiata sul tetto come una banderuola nel bel mezzo della mattinata piovosa fosse davvero un prodotto del suo cervello stanco e sottoposto a sforzi eccessivi.

Ma quando strizzò gli occhi per vedere attraverso il velo di pioggia sempre più fitto, lei era ancora lì.

Sì, esisteva davvero.

La scoperta di avere un fratello maggiore e un padre che non aveva mai conosciuto, il quale era morto di recente lasciandogli non solo un fratello e metà di un'enorme casa in una spiaggia privata nella pittoresca Windswept Bay, ma anche metà di una compagnia multimilionaria con sede a New York – a *Manhattan*, per di più – era stata uno shock.

Manhattan. Un luogo che, nonostante il suo animo vagabondo, non lo aveva mai attratto nemmeno un po'.

BJ amava l'aria aperta e il pensiero di tutti quei grattacieli e che il cielo fosse visibile solo guardando direttamente sopra di sé non era certo tra i suoi preferiti.

Per quanto riguardava il denaro... Lui era un uomo semplice e aveva già tutto quello che gli serviva.

A proposito, a quella donna serviva palesemente una mano.

BJ si fece avanti e la vide cercare di coprirsi con la

corta camicia da notte, o forse era la parte superiore di un pigiama corto. Se non avesse avuto un aspetto tanto mesto, BJ avrebbe sorriso; ma gli dispiaceva per lei, dunque non lo fece.

Avanzò verso il breve sentiero che portava alla casa proprio mentre la pioggerella si trasformava improvvisamente in un rovescio. Ancora la donna non si mosse per scendere dal tetto. BJ si accigliò e allungò il passo. C'era qualcosa che non andava.

CAPITOLO DUE

"Non è più divertente," borbottò Olivia mentre il diluvio si riversava su di lei. Lanciò un'occhiata furiosa al cielo attraverso ciocche di capelli fradici mentre la pioggia battente la inzuppava.

Il terrore di scivolare dal tetto bagnato e cadere sulla dura veranda la paralizzò ancora di più, ma lei riuscì a cambiare lentamente posizione fino a stringere la presa sulla piccola parabola. Quest'ultima era fredda e scivolosa per la pioggia, ma era qualcosa in più delle ginocchia a cui aggrapparsi mentre la pioggia la tempestava. I capelli le pendevano sul viso come una tenda umida; avrebbe tanto voluto levarseli dagli occhi, ma non osava mollare la presa sulla parabola metallica.

Era troppo vicina al bordo... Il solo pensiero le diede la nausea e le fece venire voglia di artigliare le tegole del tetto per sentirsi meno vulnerabile. Chiuse gli occhi contro la pioggia che le scrosciava addosso e si concentrò sullo stare immobile. Aveva la sensazione di avere i piedi sul ghiaccio, ora che la pioggia scorreva lungo il tetto e precipitava a cascata dal bordo. Il che le provocò la visione di lei stessa che veniva travolta dal diluvio.

"Hai bisogno di aiuto?"

Colta alla sprovvista da quella voce profonda, Olivia abbassò per un attimo lo sguardo e vide l'uomo incappucciato che aveva già notato sulla spiaggia quando, qualche attimo prima, aveva guardato l'oceano. Lui le restituì lo sguardo dalla veranda. Il suo stomaco si inclinò per aver abbassato lo sguardo e Olivia tornò subito a concentrarsi sulla spiaggia.

Aveva visto l'uomo fermarsi, ma l'imbarazzo le aveva impedito di agitare una mano per chiamare aiuto, come avrebbe fatto una persona normale. Invece, si era messa a soppesare le conseguenze delle sue azioni, combattuta tra la necessità di gridare per chiamare aiuto e il desiderio che l'uomo se ne andasse (dopotutto, lei indossava quello sciocco pigiama corto coi fenicotteri).

E poi c'era l'altra ragione. Olivia era già abbastanza nei guai coi rotocalchi. Considerata la sua fortuna di quei tempi, probabilmente quel tizio l'avrebbe fotografata e si sarebbe reso conto più tardi di poter guadagnare una fortuna vendendo la foto ai giornali. Oppure, per quanto ne sapeva lei, poteva anche essere il primo paparazzo ad averla individuata e sul punto di fare lo scoop di una vita.

Non che lo scoop sarebbe stato davvero incentrato su di lei. Qualunque donna si sarebbe trovata nella sua stessa situazione se fosse stata immortalata mentre il celeberrimo Brad Pearson la baciava appassionatamente! Il solo ricordo colmò Olivia di un'indignazione rovente. Brad l'aveva colta del tutto alla sprovvista con quel bacio. E ora i fotografi l'avevano etichettata come 'la donna del mistero' ed erano a caccia di una storia.

La foto di Olivia era visibile su tutti gli espositori di riviste di tutti i negozi di alimentari e discount del Paese. *La donna del mistero, come no!* Magari. L'unico mistero, per lei, era cosa fosse saltato in mente al suo cliente.

E cosa era saltato in mente a lei quando si era arrampicata là sopra col pigiama, accidenti?

Olivia lanciò una rapida occhiata all'uomo incappucciato che la fissava nel bel mezzo dell'acquazzone. *Cosa ci faceva su una spiaggia con la pioggia?*

Del resto, probabilmente anche lui si stava chiedendo chi mai sarebbe salito su un tetto scivoloso con la pioggia.

Negli ultimi tempi, Olivia aveva preso tutta una serie di decisioni sbagliate. Arrampicarsi sul tetto per salvare il gatto disperato non era stata una mossa troppo intelligente, considerato che lei aveva paura dell'altezza.

Ma del resto, la colpa poteva anche attribuirsi alla carenza di sonno. Alla carenza di sonno e all'empatia per il gatto. Forse anche lui aveva paura delle altezze… *D'accordo, era una spiegazione stupida, ma Olivia era stanca.*

E ora eccola lì, su quel tetto fradicio e scivoloso, con le dita dei piedi che formicolavano, il cuore che batteva all'impazzata e un forte bisogno di vomitare… anche se non aveva mangiato nulla quella mattina.

Quel caro, caro gattaccio avrebbe fatto meglio a correre quando – o *se* – Olivia sarebbe riuscita a scendere dal tetto.

"Va tutto bene?" chiese l'uomo dal basso, sottraendola alla sua crisi di nervi.

Olivia strinse gli occhi e fu lieta che i suoi capelli fungessero più o meno da velo. "Sono su un tetto sotto la pioggia battente. Con un pigiama rosa coi feni–" Olivia sussultò nel rendersi conto di quanto quell'abbigliamento fosse poco pudico. Si coprì con le braccia il seno abbondante, un dono ereditato da zia Marge che sarebbe stata ben lieta di restituire. Probabilmente, ora come ora avrebbe potuto vincere una gara di magliette bagnate. Anche se sperava che i fenicotteri rosa non fossero rivelatori come una maglietta bianca. Si tenne goffamente aggrappata alla parabola con le braccia incrociate, sentendosi come se stesse giocando a Twister.

"La scala è caduta?"

Olivia fulminò l'uomo con lo sguardo e scivolò in maniera assai sgraziata. "No," esclamò. "L'ho fatta cadere di proposito." *Chi era quel tizio?*

E perché tu stai facendo la bisbetica quando hai bisogno del suo aiuto?

Guardò di sottecchi l'uomo e scoprì che questi aveva un'espressione a metà tra la compassione e l'ansia.

"Scusa. Va tutto bene," disse subito Olivia, cercando di ostentare noncuranza. Ma le scivolarono le mani e vacillò di nuovo. Il tetto si stava facendo sempre più scivoloso.

"Reggiti forte," la incitò lui. "Ho capito: hai paura delle altezze."

"Bingo," squittì Olivia. *Non guardare giù. Non guardare giù. Non vomitare. Non vomitare.*

"Cosa ci fai su un tetto se hai paura delle altezze?"

Le dita di Olivia affondarono nel metallo. "Stavo

cercando di salvare un gatto," rispose a denti stretti. "Ma quell'ingrato di un felino si è salvato da solo." Arrischiò un'occhiata verso il basso e vide che l'uomo si era levato il cappuccio e che era davvero un bel pezzo di maschio. Vide inoltre le sue labbra contrarsi.

Distolse di scatto lo sguardo e cercò di non augurargli una brutta fine. Dopotutto, al momento costui era la sua unica speranza.

"Dunque hai deciso di restare là sopra dopo che il gatto si è salvato da solo?"

Muori. "No, stai scherzando?" disse di scatto Olivia. "Io voglio scendere. Non sarei mai dovuta salire. Ma la pioggia ha reso scivolosa la scala e io l'ho calciata via per sbaglio mentre salivo sul tetto. E ora sono bloccata. E piove a dirotto."

"Vedo," esclamò l'uomo.

Era una risata quella nella sua voce? Si udì il rumore di qualcosa che grattava, al che Olivia aprì gli occhi che non si era resa conto di aver chiuso. La scala era accanto a lei. E un attimo dopo l'uomo arrivò a livello dei suoi occhi e, sì, era davvero un bel pezzo di maschio. Con degli occhi azzurrissimi… e stava per salvarla. Olivia avrebbe potuto letteralmente baciarlo. Se solo fosse riuscita a staccare le dita dalla parabola.

"Posso aiutarti a scendere dal tetto?" L'uomo sorrise e lo stomaco nauseato di Olivia si riempì di farfalle svolazzanti.

Ah. Niente farfalle. No, nel suo lavoro, uomini dall'aspetto splendido e dal grande carisma erano la norma. E non era il caso di trastullarsi con loro, pena il diventare preda dei paparazzi.

L'uomo le tese la mano e sorrise: un sorriso incredibile, al punto che il cielo scelse proprio quel momento per far smettere di piovere.

"Sarebbe bello," rispose a fatica Olivia, che tuttavia non riuscì a staccare le dita dalla parabola per accettare la mano offertale dall'uomo.

BJ cercò di ignorare la scossa di attrazione che avvertì nel momento in cui il suo sguardo incrociò quello degli occhi verdi della donna attraverso la massa di capelli biondi di lei. La donna era spaventata, ma stava facendo del proprio meglio per non crollare. Lui comprendeva benissimo la sua situazione. Una volta, gli era capitato di ritrovarsi intrappolato per errore all'interno di un capanno piccolo e buio. Ricordava ancora il panico che lo aveva colto fino a quando suo padre non lo aveva trovato e salvato, un'ora dopo. *Suo padre. Il padre che lo aveva cresciuto...* BJ scacciò quei pensieri confusi e si concentrò sulla bellezza che lo stava fissando.

I capelli biondi della donna erano appiccicati alla testa, ma ciò non faceva che sottolineare il viso ovale e gli occhi grandi. C'era qualcosa di familiare in lei. "Ci conosciamo?" BJ non credeva davvero che avrebbe potuto dimenticare una donna così, ma c'era qualcosa di familiare in lei.

La donna impallidì, se ciò era possibile, dato che era già pallida per lo spavento. "No, sono sicura che non ci siamo mai visti." Abbassò lo sguardo, lasciando che i capelli bagnati le celassero ulteriormente il viso.

"No, sono certo che ci conosciamo."

"Non è possibile."

"Io non dimentico mai le facce. Almeno, non quelle come la tua."

L'espressione di lei, o almeno quel poco che BJ poteva vedere attraverso tutti quei capelli, si tese.

"Sono appena arrivata." La voce della donna aveva un suono enfatico e un po' agitato.

"D'accordo," disse lentamente lui, decidendo di cambiare argomento: l'ultima cosa di cui aveva bisogno era che la donna si innervosisse ancora di più. Era palesemente pietrificata. "Vediamo se ho capito. Hai una paura mortale dell'altezza, ma per salvare il tuo gatto sei salita fin quassù, dopodiché sei riuscita a far cadere la scala e a bloccarti."

"Il gatto non è mio e non direi di avere proprio una paura mortale."

BJ strinse gli occhi. "Ne sei sicura?"

La donna sospirò. "In realtà è vero, ma non mi piace ammetterlo." Sollevò lo sguardo su di lui e quegli occhi verdi furono come un pugno nello stomaco.

"Suppongo che potresti vedere il lato positivo: sei salita fin quassù per fare l'eroe. Sembra che tu abbia fatto progressi anche solo permettendoti di arrivare fin qui."

"Vero. Ma se non fossi arrivato tu, immagino che sarei rimasta qui fino a quando qualcuno non sarebbe venuto a cercarmi. E considerato che nessuno sa che sono qui..." Le ultime parole furono quasi un mormorio.

"Ho capito," disse BJ, colto da un'intuizione. "Tu sei la sorella di Shar. Ci siamo incontrati in ospedale, quando Gage è stato ricoverato."

La donna sollevò lo sguardo e lo guardò dritto negli occhi; BJ avrebbe potuto giurare che fosse sollevata.

"Ah, hai conosciuto le mie sorelle, Jillian e Shar." Emise una piccola risata e, sì, era una risata colma di sollievo. "Siamo tre gemelle. Shar è diversa, ma io e Jillian siamo identiche... perlomeno agli occhi di chi non ci conosce bene."

"Tutto si spiega. Ero sicuro di averti già vista e mi chiedevo perché tu negassi. Cominciavo a pensare che avessi qualcosa da nascondere," scherzò BJ.

"Ehm, no... è solo che non ti conosco. Eri all'ospedale?"

"Sì. Mi chiamo BJ McCall."

La donna impiegò qualche istante a riconoscere il nome. Poi nei suoi occhi apparve un barlume di riconoscimento.

"Sei il fratello di Gage. Quello che ha appena trovato."

"Già. Quella sì che è stata una giornata diversa." *Alla faccia dell'eufemismo.*

"Ne sono certa," disse a bassa voce la donna.

Si fissarono a vicenda e il momento si prolungò. BJ pensò che questa donna e Jillian potevano anche essere gemelle omozigote, e con i capelli asciutti e meno pallida in viso, di sicuro Olivia avrebbe avuto lo stesso aspetto della gemella; ma la corrente di attrazione che provava ora non si era manifestata con Jillian. Gli occhi verdi dell'altra donna non lo avevano colpito come stavano facendo ora quelli.

"Tu sei Olivia, giusto?" Era piuttosto sicuro di aver sentito qualcuno usare quel nome.

"In persona."

"Dimmi, Olivia, sei pronta a scendere?"

"Ancora una volta, sì. È l'idea migliore che abbia sentito da giorni. Se solo riuscissi a mollare la presa su questa parabola."

BJ sorrise e allungò una mano per prendere una di quelle di lei. La strinse dolcemente. "Puoi farcela. Spostati un poco verso di me e mettiamoci sulla scala."

La giovane trasse un respiro profondo e sostenne il suo sguardo mentre si avvicinava molto lentamente alla scala. Stava ancora stringendo la parabola con l'altra mano e BJ si rese conto che non era il caso di abbassare lo sguardo. Il pigiama bagnato e aderente lasciava ben poco all'immaginazione. Così, nonostante fosse tentato, guardò invece negli occhi di Olivia.

"Devi mollare la presa," disse, accennando col capo all'altra mano della donna.

"Oh," gemette lei, staccando all'istante la mano dalla parabola per afferrare la scala.

"Bene così. Ora fai un bel respiro e appoggia il piede sul piolo."

Ci volle un po', ma finalmente i due riuscirono a toccare terra. Una volta arrivati, la donna si voltò di scatto e gli buttò le braccia al collo.

"Grazie," ansimò. Poi indietreggiò di scatto, come se le sue stesse azioni l'avessero colta di sorpresa, e si coprì il petto con le braccia. "Scusami. Di solito non salto addosso agli uomini, ma non so come ringraziarti. Ora devo andare a cambiarmi, ma tu aspettami. Per favore." Si voltò, aprì la porta a vetri ed entrò in casa.

BJ rimase sotto la pioggerella, pensando a quei maledetti fenicotteri rosa… tra le altre cose.

Poco dopo, Olivia tornò con una maglia da corsa e dei pantaloni abbinati. "Scusami. Dubito che indosserò di nuovo quel pigiama in vita mia." E rise; una risata imbarazzata, splendida.

BJ sorrise. "Peccato."

La donna rise di nuovo. "Forse per te. Ma credimi, non è associato a dei bei ricordi, ormai. Vorresti entrare a bere un caffè per scaldarti? Posso offrirti un asciugamano."

"No, ti ringrazio. La mia barca è ormeggiata qui vicino." BJ accennò al molo privato dove si trovava la barca. "Sto a casa di Gage mentre lui e Shar sono in luna di miele. È più in là lungo la spiaggia."

Olivia sorrise. "E io abito a casa di Shar, almeno per qualche giorno. Sto…" Per un attimo, assunse un'aria pensierosa. "Le sto tenendo d'occhio la casa."

"Suppongo che lo stesso valga per me." Gage gli aveva dato le chiavi della casa che era di proprietà di entrambi. La casa che conteneva altre foto di lui da bambino con sua madre e Milton Lancaster. Gage gli aveva detto che poteva fermarsi quanto voleva e passare in rassegna le foto e qualunque altra cosa avesse trovato. Entrambi erano in cerca di risposte, ma per Gage, il matrimonio aveva la precedenza sul loro complicato passato.

BJ avrebbe preferito rifiutare l'offerta, ma il giorno prima si era sentito in obbligo di recarsi in quella casa e guardare le foto. Poi aveva trascorso la notte lì.

Non sapeva quanto si sarebbe fermato.

Mentre guardava in quei dolci occhi verdi, fu tentato di accettare l'offerta di quel caffè. "Bada a te stessa." Si voltò e se ne andò. Aveva molto a cui pensare, in quel periodo. La cosa migliore da fare era evitare di perdersi in quegli occhi verdi.

Olivia guardò BJ allontanarsi e ignorò l'attrazione che

provava. L'ultima cosa di cui aveva bisogno in quel momento era *quello*.

Era sollevata per il fatto che BJ fosse un uomo normale, che evidentemente non badava alle riviste scandalistiche. Quella sua caratteristica, da sola, lo rendeva attraente. E il fatto che l'avesse salvata da quella situazione ridicola e che non l'avesse presa in giro per la sua paura significava che era un bravo ragazzo.

Sospirando, andò in cucina e si preparò una tazza di caffè.

Col caffè in mano, tornò in camera da letto e sedette con le gambe incrociate sopra le coperte calde mentre sorseggiava il caffè.

Ebbe la pessima idea di controllare i messaggi.

C'erano quattro messaggi vocali di Brad… che la implorava di chiamarlo, sostenendo di doverla vedere.

Ha perso la testa, questo è chiaro. Olivia appoggiò la tazza sul tavolo assieme al cellulare, che aveva impostato in modalità silenziosa molto tempo prima. Poi si mise comoda sotto le coperte e chiuse gli occhi.

Ci avrebbe pensato l'indomani. Ora come ora, voleva fare lo struzzo, ignorare i problemi e cercare di dormire un po'.

Forse, in quel modo, sarebbe riuscita a recuperare abbastanza forze per affrontare la situazione.

L'unico problema era che, quando chiuse gli occhi, BJ McCall le sorrise con quei suoi occhi color foglia di tè che le fecero pensare a giornate tropicali sulla spiaggia e a baci al chiaro di luna…

CAPITOLO TRE

La giornata seguente il dramma sul tetto, sentendosi un po' più riposata e serena, Olivia parcheggiò la sua Jeep in fondo al parcheggio: aveva deciso che sarebbe stato meglio tenere nascosta l'auto, nel caso qualche giornalista fosse passato da lì riconoscendo il suo numero di targa. Sapeva di essere paranoica, ma lasciò comunque l'auto nel garage. Passò dall'ingresso posteriore per entrare nel Windswept Bay Resort. I suoi genitori possedevano lo splendido boutique resort da prima che lei nascesse, e ora erano le sue tre sorelle a gestirlo. Quando le ragazze avevano fatto gruppo per assumere la gestione del resort dopo che i loro genitori avevano deciso di andare in pensione, Olivia aveva scelto di non unirsi a loro. Non perché non volesse che la tradizione proseguisse, ma perché la sua vita era a Hollywood. Si stava costruendo una carriera e non aveva mai pensato di tornare a vivere su quell'isola pittoresca. Amava la sua vita. Davvero.

Quello che stava affrontando adesso era un semplice inconveniente.

Abbassando l'ampia tesa del berretto sulla fronte, attraversò il cortile dall'architettura elegante che la sua talentuosa sorella, Jillian, aveva progettato. Quando intravide un sedere femminile sbucare da un cespuglio, si fermò.

"Per favore, dimmi che non sei caduta nella tana di un gopher."

"Cosa?" esclamò Jillian, girandosi di scatto e fissandola a bocca aperta. "Olivia!" Sua sorella scoppiò a ridere e si alzò velocemente da terra, spazzolandosi le ginocchia con le mani prima di abbracciarla. "Che ci fai qui? Eravamo preoccupatissime per te.”

Olivia rise e ricambiò l’abbraccio della sua gemella. “Ero in viaggio. Ho dovuto cercare di non dare nell’occhio. Dovevo lasciare la città per qualche giorno, così me ne sono andata.”

Jillian si staccò da lei e la osservò con aria seria. “Sembri esausta.”

“Grazie, eh. Sono arrivata a casa di Shar l’altro ieri notte e ho trascorso la maggior parte della giornata di ieri a recuperare il sonno perduto.”

“E non ci hai detto nulla?”

Olivia scosse la testa. “Ero troppo stanca.” Decise di non menzionare la disavventura sul tetto, almeno per il momento. “E avevo bisogno di tempo per raccogliere le idee.”

“Beh, vieni con me. È meglio che ti nascondiamo.” Jillian la prese sottobraccio e insieme si diressero verso la parte posteriore del giardino. Il sentiero conduceva all’ingresso posteriore degli uffici.

Le sue sorelle avevano visto la foto di Olivia sulla copertina di un tabloid la settimana prima e l’avevano chiamata, dunque sapevano che si era cacciata in un guaio. Ma lei non aveva fornito loro alcuna vera spiegazione. In quel momento, era stata in modalità *Posso Farcela*. E invece… beh, non ce l'aveva fatta. La foto del bacio e gli scatti più sfocati, che i tabloid sostenevano raffigurassero la 'donna del mistero', ossia lei, erano emersi. La donna in alcune di quelle foto non era lei, ma Shar non era riuscita a convincere nessuno. Per cui, eccola lì: a casa, con la coda tra le gambe.

"Grazie."

"Ma figurati. Io, Cali e i nostri fratelli eravamo molto preoccupati per te, assieme a mamma e papà. Ma volevamo lasciarti il tuo spazio. Dopotutto, non sapevano se tu e Brad sareste arrivati qui per dirci che vi sareste sposati – come dicevano i tabloid. O magari ci avreste detto che voi piccioncini vi eravate già sposati."

Olivia si fermò di scatto. "Non ci avrete mica creduto? Dimmi che non ci avete creduto."

Jillian sorrise; era la più dolce tra le sue sorelle. "No, certo che no. Ti sto solo prendendo in giro. Rilassati. Ma devi ammettere che il vostro è stato davvero un signor bacio. Insomma, è un miracolo che non abbiate preso fuoco."

Olivia non riuscì a trattenere una risata. "Beh, le foto non sempre sono ciò che sembrano." *Eccome.*

Aprì la porta e Jillian fece strada lungo le scale. "Cali sarà entusiasta. Siamo davvero felici che tu sia qui. È passato molto tempo, Olivia."

"Lo so."

Poco dopo, Cali si alzò di scatto dalla scrivania e corse da Olivia come una bambina da un cono gelato. "Olivia!" esclamò, per poi abbracciarla.

In quanto sorella maggiore, Cali era sempre stata un punto di riferimento per le gemelle. Ora si mise subito a farle il terzo grado, al quale Jillian aveva già dato inizio.

"Perché non ci hai chiamato? Perché non ci hai detto dov'eri? Forza, siediti e raccontaci tutto." Mentre Cali la torchiava, Jillian chiuse la porta dell'ufficio per dare loro un po' di privacy. "Perché Brad Pearson ti ha baciata?" chiese infine Cali mentre si sedevano tutte quante nel salottino nell'angolo.

Olivia si accigliò. "Bella domanda. Non ne ho la

più pallida idea."

"Tu e lui vi frequentate?" chiese Cali.

"No. È un mio cliente. Ho dovuto tirarlo fuori da più situazioni scottanti di quante potrei contare con la calcolatrice. Quell'uomo va a letto con un sacco di donne. Sposate o meno, com'è noto a chiunque segua i media e i tabloid."

Jillian si sfregò la tempia. "Allora come mai è successo quello che è successo?"

Ancora una volta, Olivia non aveva risposte. "Non lo so, davvero. Quando sono con lui, mi comporto in maniera strettamente professionale. Non sono nemmeno attratta da lui."

"Per niente?" chiese incredula Jillian.

Cali sollevò una mano coi polpastrelli di due dita premuti l'uno contro l'altro. "Nemmeno un poco?"

"No, è un individuo disgustoso. E lo stesso vale per quel bacio. Voglio dire, d'accordo, lui sa baciare, ma ragazze, mi ha afferrata all'improvviso e mi ha schiacciato le labbra come l'impasto dei pancake su una padella fredda."

Le sue sorelle scoppiarono a ridere.

"Tu sì che ci sai fare con le parole, Olivia."

"Verissimo." Cali ridacchiò. "Forse l'hai conquistato col tuo senso dell'umorismo."

"Sono sempre seria quando sono con un cliente. Fare diversamente vuol dire farsi mangiare vive dai rotocalchi. E i papa-*ratti*," aggiunse sottolineando 'ratti', "come potete ben vedere, credono a tutto quello che vedono e lo propinano agli altri."

"Hai provato a parlargli dopo che ti ha baciata?"

"Non ho avuto tempo. Brad si è messo a ridere tutto contento e mi ha trascinata in macchina. Una volta dentro, non volevo far altro che allontanarmi dalle macchine fotografiche. Faccio sempre del mio meglio per stare lontana dagli obiettivi. Per i miei clienti, io sono la voce della ragione: li aiuto a rilasciare dichiarazioni più appetibili o a cavarsi da situazioni difficili. Non devo stare sotto i riflettori, né voglio starci. E ora guardate in che situazione mi trovo."

"Ma tu sei brava con le parole. Potresti dire la

verità: che non è successo niente." Le parole e l'espressione di Jillian erano schiette.

"I paparazzi vogliono una storia. E io non ho guardato Twitter o simili, ma sono certa che ormai sappiano chi sono. Per cui, se non è già così, di certo entro domani la mia faccia e il mio nome saranno dappertutto."

"Che roba," esclamò Cali. "Ma non importa. Ci penseremo noi."

Ecco il punto: Olivia non era sicura che ne fossero in grado.

"Devo andare a parlare con Levi." Suo fratello maggiore era il capo della polizia di Windswept Bay e doveva essere informato che, probabilmente il giorno stesso o l'indomani, sarebbero sorti dei problemi. A meno che a Hollywood non accadesse qualcosa di grosso al punto da distogliere l'attenzione da lei. Altrimenti, presto il paese si sarebbe riempito di fotografi nascosti tra le siepi, in cerca con ogni mezzo di una fotografia preziosa.

Olivia non era sicura che tornare a casa fosse stata

la scelta giusta.

"Forza." Cali si alzò in piedi. "Andiamo da Levi."

Anche Jillian balzò in piedi. "D'accordo. Dobbiamo avvertirlo prima che si scateni il caos. Sai che detesta non essere informato."

Il cuore di Olivia si gonfiò mentre fissava le sue sorelle. Era bello essere a casa. Sapere di avere il sostegno delle altre. Si alzò e le circondò con le braccia, stringendole. "È bello essere a casa. Sono stata lontana troppo a lungo."

"Proprio così," disse Cali in tono gentile. "Ma hai una vita lontano da qui e sai che puoi tornare quando vuoi, per quanto vuoi."

Olivia sorrise. "Vero. Ma d'altro canto, ho la sensazione di essermi data alla fuga, e non mi sembra giusto."

Jillian la fulminò con lo sguardo. "Stai solo radunando la carovana, come si dice a Ovest. Non c'è nulla di male nel fare un passo indietro per soppesare la situazione. E poi, è stato quel bullo di Pearson a cominciare. Di' ai paparazzi che è innamorato di te, ma che tu non ricambi. Questo sì che scombinerà le carte in tavola."

Olivia rise. "Potrei farlo davvero. Ma prima andiamo a parlare col nostro capo della polizia."

La pioggia aveva ceduto il posto a un cielo azzurro quando BJ entrò nella stazione di polizia di Windswept Bay. Levi Sinclair era il capo della polizia; BJ lo aveva conosciuto dopo che un criminale aveva cercato di dirottare la sua barca. Gage era venuto a rivelare a BJ che loro due erano fratelli, aveva interrotto il dirottamento ed era rimasto ferito da un colpo d'arma da fuoco nel tentativo di aiutare BJ. Solo dopo l'arrivo di Levi e dopo che tutti erano andati all'ospedale, mentre Gage era in sala operatoria, BJ si era davvero reso conto che l'uomo era passato dalla sua barca mentre era diretto al proprio matrimonio. Shar e tutti gli invitati e i parenti erano all'ospedale quando lui e Levi li avevano raggiunti; la scena gli era parsa surreale. Solo qualche giorno dopo, quando Gage era stato dimesso, aveva scoperto di essere suo fratello. La sua vita così come la conosceva da quando era nato era cambiata il giorno in cui Gage gli aveva fatto quella rivelazione. Aggiungendo che la madre di BJ era scappata con lui quando era bambino, per nasconderlo al padre di Gage. Suo padre.

Levi era una persona che gli dava la sensazione di poter diventare suo amico, e in quel momento BJ aveva bisogno di amici. Il capo della polizia sollevò lo sguardo dal computer al suo ingresso.

"BJ, era ora che arrivassi. Ci è dispiaciuto non vederti al matrimonio."

All'epoca, BJ non era stato ancora pronto ad accettare tutte quelle rivelazioni pesantissime, per cui non era andato. "Avevo molto a cui pensare. Ma Gage e Shar sono passati da me prima di andare all'aeroporto e abbiamo parlato. Sono felice per loro, ma non ero esattamente pronto ad abbracciare il mio nuovo passato e la mia nuova vita. A dire il vero, ancora adesso faccio fatica."

La fronte di Levi si increspò; l'uomo sembrava solidale con lui. "Posso capire. Mi piace il mio passato. Mi piacciono la mia famiglia, la mia storia. Non credo che sarei entusiasta se qualcuno entrasse da quella porta e mi dicesse che le cose non stanno come sembrano."

"È tutto molto difficile da accettare. Ma sto cercando di mantenere una mentalità aperta. Gage ha insistito per darmi le chiavi della casa che, a quanto pare, ora possediamo entrambi. Voleva che ci passassi un po' di tempo e che guardassi le cose che hanno trovato e che potrebbero aiutarmi a scoprire qualcosa di più riguardo a quando ero molto piccolo. Al mio passato."

"Come sta andando?"

BJ fece spallucce. "Ho trascorso le ultime due notti in quella casa. Sto passando in rassegna un mucchio di foto di me e di quell'uomo di cui non ho memoria. E poi ci sono le foto con me, mia madre e lui, tutti assieme… Mia madre sembrava così giovane e felice. Non capisco perché se ne sia andata, se era tanto felice. Ma comunque, ero venuto a chiederti se sei libero a pranzo. Sono nuovo in città e sono stufo marcio di pensare a tutte queste cose; e poi, credo di doverti offrire qualcosa per quando hai salvato la situazione."

Levi si alzò. "Non si dica mai che io rifiuti l'offerta di un pasto." Girò attorno alla scrivania. "Dammi solo il tempo di lasciar detto alla centralinista dove possono reperirmi, poi potremo andare."

Uscirono dall'ufficio e Levi entrò in un'altra stanza; BJ lo sentì dire alla donna dietro la scrivania dove stava andando.

La porta che dava sulla strada si aprì e, con stupore di BJ, entrarono Olivia, Jillian – la sua gemella – e Cali, la sorella maggiore. Quando Olivia lo vide, si bloccò, ma Cali lo raggiunse subito e lo abbracciò.

"BJ, che bello vederti. Abbiamo sentito la tua mancanza al matrimonio. Ti prego, dimmi che non ci sono stati altri disastri sulla tua barca."

BJ rise. "Ehi, Cali; è bello vederti. Mi dispiace per il matrimonio, e no, nessun problema sulla barca. È solo che avevo molto a cui pensare." Lanciò un'occhiata a Olivia e fece per parlare, ma Jillian lo batté sul tempo.

"Non riesco a immaginare quanto devi essere rimasto sconvolto. Probabilmente, lo sei ancora. A ogni modo, lei è nostra sorella Olivia. Ci ha fatto una sorpresa venendo a trovarci." Nel parlare, Jillian aveva preso Olivia per un braccio e l'aveva attirata accanto a sé.

"A dire il vero, ci siamo già conosciuti." Era palese che Olivia non ne avesse fatto parola, o Jillian non l'avrebbe presentata. Non ci voleva un genio per capire che Olivia non aveva raccontato di essere rimasta bloccata sul tetto di casa.

"Sì, ci siamo incontrati questa mattina in spiaggia. BJ ha dormito a casa di Gage ieri notte."

Cali spostò lo sguardo da lui a Olivia. "Non ce l'avevi detto, Olivia."

"Non ne ho avuto il tempo. Avevamo molto di cui parlare."

"Vero," concordò Jillian.

Olivia sorrise a BJ. "È bello rivederti."

"Dunque hai dormito in quella casa," disse Cali. "Hai guardato qualcuna di quelle foto di cui ci ha parlato Shar?"

"Sì."

Levi entrò nella stanza. "Ehi, Olivia. Qual buon

vento ti porta?"

"Sono venuta ad abbracciare il mio fratellone."

"Beh, se è per questo che sei tornata a casa, ne sono felice."

BJ guardò Levi stritolare la sorella in un abbraccio. Notò inoltre come l'espressione di lei si colmò di gioia nell'abbracciare il capo della polizia.

"È bello riaverti a casa," disse Levi un istante dopo.

All'improvviso, BJ si sentì di troppo. "Ehi, Levi, probabilmente queste belle signore vogliono invitarti a pranzo, per cui che ne dici se rimandiamo a domani?"

"Oh, non vogliamo trattenervi," disse Olivia.

"Ma abbiamo bisogno di parlare un momento con Levi," aggiunse Jillian.

"Che ne direste di andare tutti assieme?" propose Levi.

BJ scosse la testa. "No, facciamo un'altra volta. Oggi tocca a te. Mi pare di capire che non vedi Olivia da parecchio tempo. Rimanderemo. Signore, vi auguro buona giornata. È stato bello vedervi."

"Vieni a trovarci, per favore," disse Jillian. "Fai

parte della famiglia, ora, e ci piacerebbe molto conoscerti meglio." Sorrise genuinamente.

"Grazie. Non mancherò."

Olivia lo osservò. "Davvero, se vuoi unirti a noi, sei il benvenuto. Detesto rubarti Levi."

BJ rise. "Nessun problema. Ci vediamo, Levi." Poco dopo, stava ripercorrendo la strada e pensando a Olivia. Qualcosa, in lei, lo toccava nel profondo. Le sue sorelle le somigliavano molto, ma quando quegli occhi lo colpivano, era impossibile negare che ci fosse qualcosa di diverso nell'effetto che quella donna aveva su di lui. E BJ aveva notato subito la differenza tra lei e la sorella identica: qualcosa nella sua postura e nel modo in cui voltava la testa quando parlava o ascoltava. Sarebbe stato capace di distinguerla da Jillian in un istante. Nonostante tutto ciò che stava capitando in quel momento nella sua vita, voleva davvero conoscere meglio Olivia.

Si fermò a un discount a prendere un pacchetto di gomme e una bottiglia d'acqua e si mise in fila dietro due giovani ragazze. Le due stavano chiacchierando mentre aspettavano che l'uomo davanti a loro pagasse i suoi acquisti.

"Ehi, guarda," esclamò una di loro, afferrando una rivista dall'espositore. "È davvero sexy. E il suo ultimo film era splendido."

BJ per poco non levò gli occhi al cielo per il modo in cui la ragazzina sospirava per chissà quale stella del cinema.

L'altra sospirò. "È davvero gnocco. Io lo bacerei quando vuole. Ci credi che non sanno ancora chi sia quella ragazza misteriosa?"

"Già. Ho letto online che pensano sia la sua pubblicitaria o qualcosa del genere."

Annoiato, ma incuriosito da questa donna misteriosa, BJ guardò la rivista che le due giovani si erano mangiate con gli occhi e vide la star dei film d'azione baciare una ragazza bionda. Francamente, della vita amorosa di quel tizio non gli importava un fico secco. Stava per distogliere lo sguardo quando qualcosa nella bionda che l'attore stava praticamente divorando attirò la sua attenzione. Avvicinò la testa alla rivista. *Impossibile.* Il suo cuore raddoppiò i battiti quando allungò una mano e prese una copia. Le ragazzine stavano uscendo quando lui sbatté sul bancone la rivista scandalistica. Dovette controllare l'impulso a bloccare la fila mentre studiava la foto. Estrasse il denaro di tasca, si mise la rivista sottobraccio e uscì dal negozio. Una volta sul marciapiedi, si avviò verso il lungomare e la sua barca.

Mentre camminava, fissò la foto. Poi, un po' di lato rispetto all'immagine principale, ne vide una che raffigurava palesemente Olivia. Assieme allo 'gnocco' Brad Pearson.

Si fermò e non riuscì a trattenersi dallo sfogliare la rivista fino all'articolo, leggendo le ultime notizie sulla ragazza misteriosa.

Tutto ciò non combaciava. Ma d'altro canto, lui non conosceva Olivia. Non veramente. Quello che sapeva di lei era che aveva paura delle altezze e che era arrivata in città senza preavviso.

Si stava nascondendo. Il bombardamento mediatico generato dall'esposizione della relazione tra lei e il suo ragazzo doveva averla costretta a tenere un basso profilo per qualche giorno.

BJ distolse lo sguardo dall'articolo, piegò la rivista

e se la infilò sottobraccio mentre percorreva l'ultimo isolato che lo separava dal molo.

Era ancora sotto shock mentre mollava gli ormeggi e usciva in mare.

Cosa le era saltato in mente? Bisognava fare una vita da eremiti per non conoscere le storie che circolavano sulla vita amorosa di quel tizio. Era sempre in televisione.

E Olivia Sinclair era il suo ultimo passatempo.

CAPITOLO QUATTRO

"Fammi capire: credi che quegli assurdi paparazzi stiano per tornare qui, nel mio paese? Per cercare te?" L'espressione di Levi era severa e incredula. "Olivia, pensavo fossi più intelligente di così."

"Lo sono. Non l'ho baciato io: mi ha colto alla sprovvista."

"In che senso?" Levi strinse gli occhi.

Olivia avvertì un senso di nausea. "Non sono ingenua. Non ho colto alcun segnale del fatto che fosse attratto da me. È accaduto tutto all'improvviso, quando lui mi ha afferrata di fronte ai paparazzi e mi ha baciata. È stato come se avesse pianificato tutto.”

“Quel pervertito.” Levi la abbracciò. “Spero proprio che venga da queste parti.”

Olivia adorava i suoi fratelli. Erano sempre pronti a sostenerla e a mettersi dalla sua parte, qualunque fosse la situazione. “Grazie.” Ricambiò l’abbraccio.

“Ciò detto, faremo meglio a prepararci, perché presto la stampa ci sarà addosso. Hai assolutamente ragione. Cribbio, detesto quelle serpi.”

Cali rise. “Credo che Levi abbia iniziato a odiare i paparazzi a causa di Grant. Quando sono venuti qui con gli elicotteri e i furgoni, il povero Levi e i suoi uomini hanno dovuto far fronte al caos.”

“È il pericolo in cui hanno messo tutti a farmi infuriare. E poi, la gente dovrebbe avere diritto alla sua privacy, anche nel caso delle celebrità.”

“Esatto,” disse Olivia. “Ma per quanto le celebrità lo detestino, hanno bisogno di quella gente. Brad Pearson avvizzirebbe se i paparazzi non lo seguissero, tenendolo al centro dell’attenzione del pubblico. La sua vita amorosa è la cosa più popolare dai tempi di

Brangelina."

"Brange-chi?" Levi si accigliò.

Le tre sorelle risero.

Olivia gli appoggiò una mano sul braccio. "Brad Pitt e Angelina Jolie. La famosa coppia di celebrità. I paparazzi hanno fuso i loro nomi per simboleggiare la loro relazione. E ora quegli stessi tabloid stanno impazzendo perché la coppia si è separata e Brangelina non esiste più."

"Continuo a non capire," borbottò Levi, aggrottando le sopracciglia.

"Meglio per te." Cali rise. "Hanno preso le prime lettere del nome di lui, aggiunto una *n* e attaccato le ultime lettere del nome di lei. Brangelina."

"È assurdo." Levi non pareva colpito.

"Verissimo," concordò Jillian.

"Per quanto anch'io le detesti, cose come questa sono ciò su cui si fonda il mio lavoro. Gli addetti alle relazioni pubbliche hanno bisogno di polemiche per conservare il lavoro. Tenere le celebrità fuori dagli scandali è ciò che mi dà il pane."

"E a te piace?" chiese scettico Levi.

Olivia sollevò una spalla. "A volte. Ma stanca." Non volle aggiungere che cominciava anche a sentirsi disillusa. Quella non era la carriera che avrebbe preferito, ma lei era molto brava in quello che faceva. Il fatto che fosse stata assunta dalla migliore compagnia del settore era significativo delle sue capacità. Quella disavventura non le sarebbe certo stata d'aiuto.

Più tardi, mentre lei e la sua famiglia tornavano a casa, Olivia sentì la mancanza della sua vecchia decappottabile. I suoi pensieri si soffermarono su BJ mentre si incamminava verso la casa di sua sorella. *L'uomo era vicino? Aveva già visto una di quelle riviste?*

E in tal caso, come aveva reagito?

Il lavoro di Olivia le richiedeva di osservare tutti gli aspetti di una situazione, analizzarla e trovare la soluzione migliore.

Sperava che BJ non avesse visto le foto. Desiderò che non esistessero e che lui fosse solo un uomo da lei conosciuto in circostanze ordinarie, senza uno scandalo che le pendeva sopra la testa.

Sapeva benissimo cosa le passava per la mente: BJ aveva avuto un aspetto fantastico nell'ufficio di suo fratello. E si era comportato in maniera educata e quasi decisa nel non volersi intromettere nel tempo da lei trascorso con la famiglia… oppure aveva semplicemente voluto allontanarsi da quella tipa bizzarra che non aveva avuto il buonsenso di scendere da un tetto sotto la pioggia.

Poteva anche essere quello il caso, ma l'attesa di rivederlo la strinse in una morsa mentre imboccava il viale di Shar e parcheggiava. Scese dalla Jeep e la brezza fresca la accarezzò.

Olivia inalò e guardò le nuvole di zucchero filato. Un gabbiano le volò sopra la testa mentre osservava il cielo e inspirava l'aria salmastra. Amava le spiagge della California, ma era stata così impegnata nel cuore di LA da non ricordare nemmeno l'ultima volta che si era avvicinata al mare.

Essere una fuggiasca aveva i suoi lati positivi.

Olivia prese la borsetta, entrò in casa e si levò i sandali con un calcio mentre andava in cucina a versarsi un bicchiere di acqua ghiacciata. Se lo portò in veranda; era ora di godersi un po' la vita.

Non c'era nessuno in spiaggia mentre beveva un sorso d'acqua. Invece di sedersi sulla sdraio in veranda, Olivia appoggiò l'acqua sul tavolo e se ne andò a piedi nudi lungo il sentiero che portava alla sabbia. L'acqua, il bagnasciuga e l'improvviso desiderio di bagnarsi i piedi la attirarono. Indossava un prendisole, per cui non dovette arrotolarsi i pantaloni e poté mettere subito i piedi nella risacca. Amava trovare conchiglie e osservò la sabbia in cerca di qualcosa di unico. Mentre vagava senza meta per la spiaggia, la sua mente si rilassò e, invece di ponderare sul suo dilemma, si ritrovò a pensare a BJ.

Schermandosi gli occhi, osservò le case dal bordo dell'acqua. Erano piuttosto isolate, leggermente lontane dalla spiaggia, celate alla vista da palme e altri elementi del paesaggio. La cosa le sarebbe stata d'aiuto nel caso qualche fotografo particolarmente insistente avesse cercato di violare la sua privacy. Con un po' di fortuna, i paparazzi si sarebbero resi conto che lei non era nulla di interessante e l'avrebbero lasciata in pace prima che accadesse qualcosa del genere. Tuttavia, in caso contrario, avrebbero avuto qualche difficoltà a capire in quale casa lei soggiornasse.

E ciò era bene.

BJ fissò il telefono appoggiato sul ripiano, accanto alle foto che stava consultando. Doveva richiamare l'avvocato. Doveva scoprire di più sul suo passato. Doveva cominciare a chiedersi cosa avrebbe fatto ora.

Ma sapeva che telefonare all'avvocato avrebbe portato a nuove rivelazioni e a cambiamenti nella vita alla quale si era abituato, proprio com'era successo la settimana prima, quando Gage gli aveva rivelato che sua madre gli aveva tenuto nascosto il passato.

Era inevitabile.

Ma non poteva farlo. Non ancora.

Si recò alle grandi finestre che davano sull'acqua e fissò la spiaggia. Dopo essersi levato la maglietta, lasciò il telefono sul ripiano e uscì. Era a metà strada verso l'acqua quando vide Olivia.

La donna sedeva su un grosso scoglio, con il mento sulle ginocchia. Le sue braccia tenevano fermo il prendisole; erano avvolte attorno alle gambe mentre lei fissava l'acqua. La brezza le sollevava ciocche di capelli mentre, a occhio e croce, se ne stava persa nei suoi pensieri. Il suono della marea rendeva impossibile che lei si fosse accorta della sua presenza.

Non volendo prenderla alla sprovvista, BJ si avvicinò all'acqua in modo da entrare nel suo campo visivo, quindi si diresse verso di lei. Aveva sperato di rivederla.

Le rivolse un cenno di saluto. "Ci rincontriamo," la chiamò. Avvertì una scarica di adrenalina quando lei gli sorrise.

"Ciao. Mi chiedevo se ti avrei rivisto. E tanto per rassicurarti, posso scendere da questo scoglio da sola."

Che carina. "Lieto di saperlo. Allora, com'è andato il pranzo in famiglia?" Il cuore di BJ accelerò i battiti quando la donna lanciò un'occhiata al suo petto nudo e subito riportò lo sguardo sull'oceano. Ricordò a se stesso che c'era già un uomo nella vita di lei.

"Bene. Mi mancavano." Olivia tornò a guardarlo, lo sguardo fisso sul suo viso… proprio come lui l'aveva tenuto fisso sul viso di lei quando era rimasta bloccata sul tetto con addosso il pigiama bagnato.

BJ si schiarì la voce. "Sei stata via per lavoro?" Era curioso; inutile nasconderlo.

"Sì… a LA. Lavoro nelle relazioni pubbliche."

"È un settore in crescita esplosiva, o almeno credo."

"Lo è se si è capaci."

"Sono certo che tu lo sia."

L'espressione di Olivia si fece corrucciata. "Credevo di esserlo. Ora non sono più tanto sicura. Mi sono cacciata in una specie di guaio e sono qui per risolverlo."

Un guaio? "Non voglio impicciarmi, ma non riesco a trattenermi: sei l'addetta alle relazioni pubbliche di Brad Pearson?"

Olivia strinse gli occhi e fece una smorfia. "Hai visto le foto?"

"Mentre tornavo dal paese. Sembravate molto intimi. È una cosa seria?"

"No, è una cosa inesistente."

"Ma come? Sembrava proprio un bel bacio." Lo sguardo di BJ si posò sulle attraenti labbra di Olivia.

"Mi ha colta alla sprovvista."

"Davvero? Sembravi piuttosto coinvolta."

La donna si acciglià. "Diciamo piuttosto sconvolta. Ma dalla foto sembra che fossi partecipe."

Perché BJ stava insistendo tanto? "Scusami; non sono affari miei."

"Credimi, il mio cellulare non fa che squillare. Ricevo un sacco di messaggi e i tabloid, ora che sanno chi sono, mi hanno offerto grosse somme di denaro per rilasciare un'intervista esclusiva. È spaventoso. D'altro canto, è il mio lavoro occuparmi di faccende come questa; ma visto che si tratta di me, è diverso. Non so che pesci pigliare."

Effettivamente, sembrava piuttosto stressata. "Vuoi fare una passeggiata e quattro chiacchiere? Anch'io ho un bel daffare. La spiaggia mi sta chiamando."

Olivia lo osservò, poi si passò una mano tra i capelli, cercando di calmarsi. "Mi piacerebbe molto."

BJ le offrì la mano per aiutarla ad alzarsi dallo scoglio; quando Olivia la prese, il suo cuore mancò dapprima un battito, poi prese a battere all'impazzata.

Era una sensazione simile all'eccitazione che provava quando voltava la sua barca in direzione del mare aperto e si dirigeva verso l'orizzonte e i pesci che avrebbe trovato.

Ma Olivia non era un pesce. Decisamente no.

Era profonda e misteriosa come l'oceano.

BJ la fece alzare dallo scoglio e, quando la donna si alzò, si ritrovarono vicini. Quanto lo erano stati quando lui l'aveva aiutata a scendere dalla scala.

Ancora una volta, BJ fu travolto dal desiderio sconvolgente di prenderla tra le braccia. E quando lei inclinò la testa per guardarlo, per poco lui non si chinò a baciarla.

BJ fece un passo indietro. Il cuore gli tuonava nelle orecchie mentre cercava di riprendersi. *Che gli era preso?* "Allora, se non state assieme, immagino che lui stesse cercando di conquistarti." *Niente di meglio che buttare le carte in tavola con un gesto plateale.*

Olivia iniziò a camminare e lui si mise al suo passo.

"Se è così, è stata davvero una pessima mossa. No,

ci ho riflettuto. Brad Pearson mi ha telefonato e ha detto di avere bisogno del mio aiuto. Sono andata all'albergo solo perché mi aveva accennato a un problema avuto al bar, la sera prima. Col senno di poi, sono abbastanza sicura che fosse una trappola. Era un modo per ottenere attenzione e io ci sono cascata."

BJ fece un gran sorriso: non riusciva a trattenersi, non ora che sapeva che Olivia non stava con quell'attore. Ciò significava che era libera da impegni. E questo lo rendeva felice. "Mi dispiace che tu sia stata usata, ma sono anche felice che tu non sia la sua ragazza."

Olivia si fermò sulla sabbia bagnata, i piedi nudi che lasciavano impronte prima che la risacca li lambisse per poi ritrarsi. BJ aveva passato lo sguardo su di lei e ora lo riportò su quegli ammalianti occhi verdi. C'erano due linee di costernazione tra le sopracciglia della donna.

"Non lo sono mai stata. Lui era un mio cliente. E non mi sarei mai immaginata di essere al centro di un'incursione di paparazzi." Si guardò attorno. "Ho paura che oggi si faranno vivi e che le poche ore di sollievo che ho avuto svaniranno. Mi nascondo a casa di Shar per una questione di convenienza: Shar non ha in affitto il bungalow, né tantomeno lo possiede. Vive lì per tenere d'occhio la casa dei proprietari assenti. Questo mi rende meno rintracciabile qui che altrove. Ma Windswept Bay è un posto piccolo. Ho avvisato Levi che un'invasione di paparazzi è quasi inevitabile, dato che ora tutti sanno che la 'donna del mistero' sono io."

"Che peccato. Perché non dici ai giornalisti cosa sta succedendo davvero?"

"Lo farò, ma sul momento non avrebbe fatto alcuna differenza. Se avessi rilasciato una dichiarazione troppo presto, non avrei fatto altro che fomentare ulteriori speculazioni da parte loro: come puoi immaginare, quella gente fa soldi con le illazioni e le menzogne, e solo a volte con la verità. Qualunque storia incentrata su Brad ha valore e può essere distorta e gonfiata in molti modi. Il silenzio era la difesa migliore, almeno all'inizio."

Per BJ, quel discorso non aveva senso. "Ma se tu

lo avessi messo di fronte alle sue responsabilità, almeno avresti fatto sentire la tua voce."

"Non è così semplice. Sto cercando di salvaguardare anche la mia reputazione, ed è stato proprio questo a generare la maggior parte dei problemi. Per non parlare del fatto che Brad continua a chiamarmi. Nel suo ultimo messaggio, insisteva di essersi innamorato di me. Di aver nascosto i suoi sentimenti fino a poco tempo fa."

"Beh, almeno su questo quel tizio non è completamente stupido."

"Prego?"

BJ fece spallucce. "Ti conosco da poco, ma so già che sei… una persona fantastica. Capisco come abbia fatto lui a innamorarsi di te."

"Beh, grazie."

"Non essere a disagio. Non inizierò a perseguitarti e i paparazzi non verranno a cercarti a casa mia… anche se dovessero fotografarci mentre ci baciamo."

In quel momento, Olivia assunse un'aria di leggero disagio, con uno sguardo esitante, e questo gli fece venire ancora più voglia di proteggerla dai mastini che l'avevano costretta a nascondersi. E, sì, voleva baciarla.

La donna trasse un respiro profondo e il suo sguardo si spostò sulle labbra di BJ, provocandogli una fitta al petto. *Olivia provava la stessa attrazione nei suoi confronti.* Il pensiero gli fece martellare il cuore contro le costole.

"Anche tu hai una vita complicata," disse lei. Poi riprese a camminare, allungando il passo. Dapprima BJ non si mosse, lasciando che l'attrazione che rimbalzava tra di loro si quietasse. Era vero: aveva una vita complicata. E provarci con la cognata di suo fratello avrebbe potuto anche essere un po' esagerato. Ma mentre si affiancava a Olivia con due falcate, respinse quel pensiero: lui e la donna erano adulti e non avrebbero avuto bisogno dell'approvazione di nessuno se avessero voluto frequentarsi.

"Diciamo che ho il mio daffare," disse, cercando di buttarla sul ridere. Di tenere a bada gli aspetti più foschi del passato che aveva appena scoperto di avere.

"Sono certa che sia stato uno shock scoprire di avere un fratello. Shar mi ha detto che per Gage lo è stato. Ma lui era ed è felicissimo di avere qualcuno nella sua famiglia, ora. Tu hai altri parenti?"

Nel breve periodo trascorso in compagnia di Gage prima che lui e Shar partissero per la luna di miele, BJ aveva avuto modo di constatare che Gage era felicissimo di avere un fratello. Per quanto riguardava lui, si stava ancora abituando all'idea. "Devo ammettere che per me è più difficile accettarlo. Non che pensi che Gage non sia un brav'uomo: non lo conosco molto, ma credo che lo sia. È solo che… avevo una famiglia a cui volevo bene. Mio padre era una bravissima persona ed è stato sconvolgente scoprire che non era mio genitore biologico. Peggio ancora è stato scoprire che mia madre mi ha tenuto nascosto tutto. Ma la parte più inquietante, più dolorosa, è stata apprendere che lei mi ha portato via per nascondermi dal mio padre biologico. Perché? Non riesco a smettere di chiedermelo. Perché ha fatto una cosa del genere?" Sentendosi sbigottito, come negli ultimi giorni, BJ incrociò lo sguardo solidale di Olivia. "Non ha alcun senso per me. Comunque, sì, ho una sorella. Si chiama Lilly."

Si passò una mano tra i capelli mentre mille domande gli esplodevano nella mente. *Perché stava rivelando tutte quelle cose a Olivia? La donna aveva già abbastanza problemi di suo; per non parlare del fatto che era praticamente una sconosciuta, anche se BJ era attratto da lei.*

La giovane lo fermò appoggiandogli una mano sul braccio. Erano vicini all'estremità della spiaggia, ora; c'erano degli scogli, dove si frangevano le onde. Aria umida e salmastra li circondava mentre Olivia gli sorrideva con dolcezza.

"Ho il sospetto che le emozioni che stai provando siano normali e ragionevoli. Posso solo immaginare come ti senti. Voglio dire, tutto ciò che credevi riguardo alla tua vita è stato scombinato come pezzi di un puzzle buttato all'aria."

"È un paragone perfetto. Non ho ancora detto nulla a mia sorella. Sarà una sorpresa anche per lei."

"Prima chiarisci tutto a te stesso, e solo dopo parlagliene. Io stessa tendo a tenere delle cose per me. A volte la mia famiglia si sente frustrata per questo, ma essere una di tre gemelle… beh, è sempre stato fantastico, ma è anche difficile trovare una mia individualità. È per questo che tengo per me alcuni frammenti di me stessa. Ma posso dirti che ho sentito la mancanza delle mie sorelle. E anche quella dei miei fratelli e dei miei genitori." Olivia non arrossì, ma parve turbata. "Eppure ti sto raccontando tutto." Emise un lieve gemito. "Non è proprio da me. Dimentica tutto quello che ti ho detto, per favore." E rise.

"Abbiamo entrambi vissuto un periodo decisamente stancante. Per non parlare del fatto che tirarti giù da quel tetto ha creato un legame eterno tra noi."

Un sorriso spuntò sul viso della donna. "Ma certo. Questo spiega tutto. Tu mi hai salvato la vita e ora conosci tutti i miei segreti. Sarei ancora là sopra se tu non fossi arrivato, perché la mia famiglia non aveva idea che io fossi là e io non avevo il telefono con me."

"Ecco spiegato tutto. E ora io conosco i tuoi segreti e tu conosci i miei." Per quanto inusuale fosse stata la vita di BJ da quando era arrivato a Windswept Bay, stare in quel luogo con lei gli sembrava perfettamente giusto.

"Ti andrebbe di fare in giro in barca?" chiese, colto da un ghiribizzo. Non si era aspettato l'espressione che apparve sul volto della donna non appena udì la domanda.

CAPITOLO CINQUE

Olivia rimase sconvolta dalla domanda ancora più di quanto lo fosse stata per aver rivelato tutte quelle cose sui suoi problemi a BJ. Ma andare in barca… era trascorso tanto tempo.

Il suo stomaco si rivoltò al pensiero di uscire per mare.

"Hai paura anche dell'acqua?" chiese quasi subito l'uomo, al che lei si domandò se la sua espressione non lo avesse confuso.

"No, non soffro di mal di mare. Ho solo problemi con le altezze. Adoro l'acqua."

"Ottimo. Io potrei attraversare il mondo in barca senza toccare mai terra ed essere felice."

"Io non sono esattamente innamorata del mare, ma una volta mi piaceva fare qualche gita. Ero una discreta pescatrice."

"Ecco qualcuno che la pensa come me. La situazione non fa che migliorare: guarda caso, io possiedo una barca e la uso per cose del genere." Le labbra di BJ si sollevarono in un sorriso ammaliante. "Dai, vieni a fare un giro con me. Abbandona le preoccupazioni per un po'. Partiremo la mattina presto e torneremo quando vorrai tu."

Non avrebbe dovuto farlo. Doveva starsene nascosta e prepararsi per quando i reporter sarebbero calati su Windswept Bay...

Ma poi BJ le tese la mano. "Dai. Ti farà bene startene per un po' in mezzo a quell'acqua perfetta."

Nonostante tutte le ragioni che Olivia aveva per non voler fare quel giro – ed erano davvero parecchie – mise la mano in quella di lui.

C'era qualcosa, in BJ, che era come una calamita. Che la attirava verso di lui con una forza irresistibile. Il cuore prese a batterle troppo in fretta mentre lui le sorrideva con l'entusiasmo che gli brillava negli occhi.

Olivia si sciolse all'istante quando lui le diede un delicato strattone e si misero a camminare l'uno a fianco dell'altra, ripercorrendo la spiaggia nella direzione opposta. L'uomo non le lasciò andare la mano e, pur sapendo che la cosa giusta da fare sarebbe stata mollare la presa, lei non voleva farlo. Tutto in BJ le diceva che lui era un uomo gentile, buono e onesto. E dopo aver avuto a che fare con Brad Pearson e compagnia, forse sentiva il bisogno di cancellare quel brutto ricordo trascorrendo del tempo in compagnia di un uomo come BJ.

Qualche metro dopo, lui le lasciò la mano. "Forse è meglio che te la restituisca." Sorrise, poi guardò l'oceano.

"Grazie."

"Adoro l'acqua," disse dopo qualche momento di imbarazzo, che i due trascorsero a camminare in silenzio lungo la spiaggia. "E anche mio padre la adorava. È stato lui a insegnarmi molto di quello che so e a farmi venire voglia di trasformare la mia passione in un mestiere. Sono stato in buona parte del mondo e in quasi tutti i porti degli Stati Uniti con quella barca."

"Davvero? Dunque non ti fermi mai a lungo nello stesso posto?"

"Adoro viaggiare. Preferisco non rimanere legato a un singolo luogo."

"Dev'essere una vita solitaria."

"Assolutamente no. Conosco sempre persone nuove. E poi, nel corso dell'anno trascorro parecchio tempo lungo la costa della Florida e tra le Keys, e ho amici dappertutto in quelle zone."

"Di solito, quanto ti fermi in un posto?" Olivia si stava chiedendo quanto a lungo BJ sarebbe rimasto a Windswept Bay.

"Tra i tre e i cinque mesi, al massimo. Ci sono troppe cose da vedere e non abbastanza tempo per farlo."

Olivia prese atto del fatto che l'uomo aveva un animo irrequieto, o forse avventuroso. Scelse 'avventuroso' perché niente, in lui, le sembrava irrequieto. "Un tempo credevo la stessa cosa." *Molto tempo prima.*

"Siamo affini," osservò lui.

Quel sorriso perfetto divenne abbastanza sexy da ridurle in pappetta le ginocchia. E, naturalmente, il petto nudo dai muscoli ben sviluppati non era d'aiuto. Era da quando l'uomo l'aveva raggiunta che Olivia aveva combattuto contro l'impulso a fissarlo.

E stava perdendo la battaglia.

Quando raggiunsero il sentiero che conduceva al bungalow di Shar, si fermarono. Olivia non voleva che il pomeriggio avesse termine, ma l'idea di trascorrere del tempo sull'acqua con BJ l'indomani, piuttosto che affrontare gli inviati dei tabloid, era davvero allettante.

"Possiamo cominciare domani, all'ora che vuoi. Penserò io al pranzo, e nella cabina della barca c'è un bagno."

"Già mi piaci. Non amo i secchi." Olivia ridacchiò ricordando le gite in barca che aveva fatto da bambina.

Un sorriso sexy attraversò il viso abbronzato dell'uomo. "Qualunque cosa pur di conquistarti."

"Beh, grazie. Sono sicura che tutti i tuoi clienti, soprattutto le donne, ti siano grate."

"Al momento, tu sei l'unica sulla quale io stia cercando di fare colpo."

Olivia rise. "Beh, col bagno ci sei riuscito."

"Allora tanto vale spararla grossa: in casa ne ho sette, di bagni."

Per poco Olivia non si piegò in due dal ridere di fronte all'espressione esageratamente orgogliosa sul volto di BJ. Quell'uomo aveva davvero un gran senso dell'umorismo. "Sono enormemente felice per te."

"Com'è giusto che sia."

"Dimmi," disse Olivia, spostando lo sguardo lungo la spiaggia, fino al punto in cui l'enorme casa a più piani sorgeva sotto il sole tardo-pomeridiano. Sarebbe stato impossibile mimetizzarla come le altre case della zona. "Non che l'argomento attuale non sia enormemente affascinante, ma sono curiosa: da quanto ho capito, Gage è venuto qui in cerca di pace dopo che suo – *vostro* – padre è scomparso. Solo dopo essere arrivato qui ha scoperto i segreti della casa e ha appreso di te, grazie alle fotografie che ha trovato. Poi, alla lettura del testamento, ha saputo qualcosa in più di te e che la casa appartiene a entrambi?"

"Compresi i sette bagni di cui sopra," aggiunse BJ in tono scherzoso. "Sì; è un bel guazzabuglio, ma il sunto è corretto. O perlomeno, così mi pare. Dovrei andare a New York e parlare con l'avvocato per conoscere i dettagli. Il problema è che non ho la minima voglia di prendere un aereo per andare in quella città sovrappopolata e ritrovarmi schiacciato tra tutti quei grattacieli. Non quando la mia è una vita trascorsa in mezzo all'acqua."

Olivia ebbe un momento di illuminazione. "Hai paura delle grandi città."

"Non sei l'unica ad avere dei problemi." Ciò detto, BJ sorrise in maniera deliziosa.

Il sorriso di Olivia si allargò automaticamente. "Wow, e l'hai addirittura ammesso. Mi piace. Niente machismo."

L'uomo sollevò una spalla. "No; con me, quello che vedi è quello che è. Sto bene come sto e non amo le città. Almeno, non il cuore delle città. O comunque, non tutti quegli edifici così alti e stretti l'uno contro l'altro per cui l'unico modo per vedere il cielo è salire con l'ascensore in cima a un palazzo o rassegnarsi a vederne una striscia larga quanto la strada. Standomene lontano, lascio spazio a chi le città le ama. Non ho proprio la minima voglia di andarci."

"Comprendo perfettamente la tua logica. Per me è lo stesso coi tetti. D'ora in avanti, non mi ci arrampicherò mai più, per nessuna ragione."

"Vedi? Ci capiamo. Farò meglio ad andare. Ci vediamo al molo alle sei. È troppo presto, per caso? L'acqua è fantastica a quell'ora."

"Ci sarò." Olivia guardò BJ allontanarsi mentre le farfalle le svolazzavano nel petto. Fino a poco prima, aveva guardato con terrore al domani e a ciò che esso le avrebbe riservato, ma ora non vedeva l'ora che sorgesse il sole.

A BJ piaceva Olivia. Si ritrovò a fischiettare mentre attraversava la sabbia in direzione della mostruosa casa sulla curva della spiaggia. Gli piaceva il modo di pensare della donna, il suo modo di scherzare; gli piaceva il suo aspetto, con quei capelli biondi e gli occhi verdi sempre attenti, nonché il suo atteggiamento del tutto privo di vanità. Era una donna che conosceva se stessa e si piaceva così com'era. Quasi sempre, perlomeno.

Era chiaro, dal poco che gli aveva detto, che quella faccenda dei paparazzi in cerca di lei piuttosto che dei suoi clienti l'aveva scossa. Ma Olivia stava cominciando a riprendersi e forse una giornata sull'acqua le avrebbe dato la spinta di cui aveva bisogno. Quantomeno, l'avrebbe rilassata; ci avrebbe pensato lui.

Del tempo sull'acqua poteva essere d'aiuto per molte cose. Era quello il contesto in cui BJ rifletteva meglio. Amava il mare ed era entusiasta all'idea di condividerlo con Olivia. L'indomani sarebbe stata una bella giornata.

No, sarebbe stata una giornata *fantastica*.

"Mi mancava tutto questo," esclamò Olivia al di sopra del vento sferzante, il mattino dopo, mentre sfrecciavano sull'acqua a velocità rapida, ma sicura. Stavano navigando sull'oceano azzurro verso una catena di piccole isole e il sole era ancora delicato e basso sull'orizzonte del primo mattino.

La barca era abbastanza grande da far sì che gli spruzzi d'acqua non li raggiungessero, ma a Olivia non sarebbe dispiaciuto anche se così fosse stato. Le piaceva molto.

"Sono felice che tu ti stia divertendo," esclamò BJ dalla sedia del capitano, accanto a lei, le parole smorzate dal vento.

Il vento gli sferzava i riccioli sulla fronte, dandogli un'aria felice e giovanile. Nel sorridergli, Olivia si rese conto che l'uomo aveva un'espressione molto più severa quando si trovava sulla terraferma. Era palese che il suo cuore era nell'oceano. In quel momento, col vento sul viso, aveva un'aria esuberante.

"Oh." Olivia fissò lo sguardo dall'altra parte della baia, dove le mangrovie crescevano lungo la costa come una sorta di siepe. "Vai da quella parte e forse potrò condividere con te una cosa molto bella. Sempre che sia ancora lì dopo tutti questi anni."

"Ma certo." Subito BJ orientò la barca verso le mangrovie. Mentre loro due si avvicinavano, l'acqua si fece più bassa; Olivia sapeva che BJ non avrebbe potuto avvicinarsi come avrebbe potuto fare se avesse avuto una barca più piccola, ma sarebbe comunque riuscito a vedere la sorpresa.

Così vicino alla riva, l'acqua era molto calma e perfettamente limpida. I sassi e la sabbia sul fondo erano visibili e non c'era quasi nessun pesce in vista: se ne stavano nascosti tra le radici delle mangrovie, che formavano una massa intricata al di sopra e al di sotto della superficie. Poi apparvero gli squali nutrici. Erano pesci piccoli, piatti e quasi bianchi, che guizzavano fuori dal labirinto di radici. "Ho sempre pensato che le mangrovie siano un po' inquietanti." Olivia rise. "Voglio dire, crescono nell'acqua bassa con tutte quelle radici, in mezzo alle quali vive di tutto. Come quegli squaletti. La prima volta che li ho visti, da piccola, è stato uno shock. Sembrava che fosse facile tuffarsi in acqua e nuotare, e molti lo facevano, ma io ne stavo ben lontana. Ho già detto che non amo gli squali? Nemmeno gli squali nutrice piccoli. Le madri non si vedono mai, ma non riesco a non pensare che devono essere vicine."

"Ti capisco. Non sono gli squali nutrici a tenermi qui in barca."

"Idem. Ecco." Olivia intravide quella che le sembrava l'apertura giusta tra le mangrovie. Erano trascorsi degli anni dall'ultima volta, ma all'epoca era venuta spesso lì. "Riesci a passare in quel canale? Dovrebbe essere abbastanza profondo per la barca, purché tu rimanga nel mezzo. Dovresti riuscire ad arrivare dall'altra parte."

"Si può fare. E in caso contrario, non mi dispiacerebbe restare bloccato qui con te," scherzò BJ.

"Sei proprio una civetta," ribatté Olivia mentre l'uomo manovrava la barca attraverso le file di cespugli verdi, fino a quando il canale non si allargò e loro si ritrovarono dall'altra parte del labirinto di mangrovie.

"Ho i miei momenti," concordò lui.

Olivia si raddrizzò nell'individuare quello che cercava. "Ecco." Indicò un punto lontano. "Lo vedi?"

"Ehi, è un nido d'aquila." Nelle parole di BJ vibrava l'entusiasmo.

Olivia sorrise e si entusiasmò a sua volta. "L'ho

scoperto quanto andavo alle superiori. È una figata, vero? L'aquila torna qui tutti gli anni per fare i pulcini. Probabilmente ha dovuto ricostruire il nido qualche volta, per via delle tempeste, ma le mangrovie lo proteggono."

Poiché quegli alberi nodosi erano bassi e tozzi, il nido si trovava a poco più di un metro e ottanta dal livello del mare, appoggiato in mezzo ai rami come una pigna.

"Le mangrovie aiutano l'ecosistema e sono indispensabili per l'ambiente. Questo è solo un altro esempio del loro valore."

"Sai molte cose sull'ambiente."

"Una volta, facevo molte ricerche," ammise lei. "Quando pensavo che avrei scelto un lavoro che avrebbe avuto a che fare con l'ecosistema."

BJ la fissò. "Tu sei un enigma, signorina Sinclair. Pensavi a una carriera nel mondo dell'ecologia, ma sei finita a Hollywood a tutelare i diritti delle stelle del cinema. Com'è che le due cose mi sembrano del tutto in contrasto?"

Olivia abbassò lo sguardo, poi lo distolse,

evitando quello di BJ. Era da molto tempo che non parlava delle sue scelte professionali. "Semplicemente, a un certo punto ho deciso che ero più adatta a Hollywood."

L'uomo inclinò la testa e la osservò, come se stesse cercando di carpire i suoi segreti. Olivia si sforzò di non tradire alcuna emozione.

"Perché non riesco a credere che sia così semplice?" si chiese ad alta voce BJ un istante dopo.

Si conoscevano da molto poco, eppure lui riusciva a leggerla come se fosse stata una biografia. Olivia gli lanciò un'occhiata infastidita. "Non sei obbligato a crederci."

BJ assunse un'aria vagamente imbarazzata. "Mi stai dicendo di non impicciarmi, insomma. Un atteggiamento del tutto non sospetto."

Che uomo fastidioso. "Senti, non voglio parlarne."

"Perché no?"

"Sei sempre così fastidioso e impiccione?"

"Non sempre." BJ accompagnò la risposta con una risatina sprezzante. "Ma è chiaro che tu ami l'acqua e le piccole cose che mandano avanti l'ambiente; eppure hai scelto di lavorare a Hollywood, nelle relazioni pubbliche, occupandoti di imbecilli che non sanno lavarsi i panni sporchi da soli. Sono confuso. Ma anche interessato. Molto interessato. Nel senso che tu mi interessi, se non sono stato abbastanza chiaro." Lui le sorrise e il malumore di Olivia si attenuò.

Era davvero interessato, si rese conto lei. Un tempo, la sua famiglia l'aveva pressata per capire come mai avesse fatto quella scelta, fermandosi solo dopo che lei li aveva rimproverati. BJ non aveva esagerato. La famiglia di Olivia era arrivata a capire che, una volta che lei aveva preso una decisione, nessuno poteva farle cambiare idea. BJ non la conosceva da abbastanza tempo per saperlo. *Tu mi interessi.* Le parole dell'uomo riecheggiarono nella sua mente.

BJ aveva rallentato la barca e la stava tenendo lontana dalle acque basse, ma in quel momento la orientò verso il mare aperto oltre le mangrovie.

Olivia si mise comoda.

L'uomo le sorrise. "Non avercela con me."

Lei rise; impossibile trattenersi. "D'accordo, non ce l'ho con te. Ma tu capisci troppo. Sei troppo insistente e troppo curioso. Se non voglio parlare di qualcosa, non voglio parlarne."

"D'accordo. Va bene così." BJ rise e diede gas. Subito la barca rispose con un ruggito possente mentre il motore aumentava di giri.

"E tu?" contrattaccò lei. Era il suo turno di fare la ficcanaso. *Quel che era giusto era giusto.* "Hai scoperto qualcosa di più sul perché tua madre è scappata con te?"

"Qualcosa in più rispetto a ieri? No. Niente."

"È sconcertante."

"Non dirlo a me."

Olivia gli sorrise, nonostante l'intromissione di BJ l'avesse leggermente irritata. "Allora, hai riflettuto sulla tua situazione? Andrai da quell'avvocato di New York?"

"No. L'ho chiamato questa mattina e gli ho detto di fare i bagagli e salire su un aereo per venire a raccontarmi tutto."

"E lui ha accettato come se niente fosse?"

"L'ho persuaso quando gli ho detto che l'avrei portato a fare un giro in barca. Ci credi che il signor Avvocato Newyorkese non è mai andato a pesca in vita sua? Gli ho detto che non sapeva cosa si stesse perdendo e che avrei potuto assicurargli una pescata bella abbondante se fosse venuto qui: tonni, corifene, e se fosse venuto entro la settimana prossima, anche un marlin e forse persino un wahoo."

Olivia non credeva alle sue orecchie. "E lui ha abboccato?"

BJ fece un gran sorriso. "Come una cernia gigante bella grossa."

Olivia scoppiò a ridere. "Sei un genio."

"No. So solo pescare." Solo una trentina di centimetri li separavano quando BJ le sorrise con gli occhi che brillavano. I suoi occhi azzurri erano espressivi, insistenti e sondanti al tempo stesso, di un azzurro penetrante. Ma in quel momento assunsero una tonalità più dolce e scintillarono mentre lui sfoderava quel suo sorriso sexy e assolutamente accattivante.

All'improvviso, Olivia si chiese se BJ non stesse pescando anche in quel momento. *Se il pesce non fosse lei.*

L'idea le mozzò il fiato.

Poi BJ spense il motore. La barca si fermò immediatamente mentre lui si voltava e le prendeva il mento in mano. La barca ondeggiò mentre, con grande delicatezza, BJ le sfiorava la guancia con il pollice.

E Olivia abboccò all'amo.

CAPITOLO SEI

BJ non riuscì a trattenersi dal toccare la morbida guancia di Olivia. Aveva creduto che quella sarebbe stata una giornata rilassante. Invece, erano finiti a discutere dei loro problemi. Ma andava bene così, perché Olivia aveva dei pensieri che aveva bisogno di condividere con qualcuno. E lui era molto curioso riguardo a ciò che aveva appreso su di lei.

L'espressione sul volto della donna quando si era messa a parlare delle mangrovie, degli squali e dell'oceano era stata completamente diversa da quelle che gli aveva mostrato in precedenza. Si era illuminata in maniera splendida.

Non che non fosse già splendida. Su questo non c'erano dubbi: BJ avrebbe potuto trascorrere giornate intere a guardarla. Ma chi voleva prendere in giro? Avrebbe potuto trascorrere il resto della sua vita. Era vero. Ma quando Olivia si era messa a parlare della bellezza che li circondava, qualcosa in lei lo aveva colpito a un livello più profondo.

BJ aveva conosciuto molte donne in vita sua, ma nessuna aveva mai prodotto in lui le emozioni che gli suscitava Olivia.

Tutto, in lei, lo attirava; era come se BJ riuscisse a percepire i suoi pensieri. Le sue emozioni.

Come se tra di loro ci fosse un legame.

Allo stesso modo, Olivia riusciva a leggerlo quasi come se fosse stato un libro aperto. Era una sensazione snervante. Probabilmente, la donna stava cercando di vendicarsi per il modo in cui lui curiosava nella sua vita.

Ma in quel momento, BJ voleva baciarla.

Olivia non si mosse mentre lui abbassava lo sguardo sulle sue labbra, per poi far scivolare la mano dietro al collo di lei e attirarla verso di sé. Il cuore gli tuonava nel petto e, guardando negli occhi di Olivia, era chiaro che lo stesso valeva per lei. Se non altro, pensò – sperò – il sentimento era reciproco.

"Sei incantevole," mormorò, per poi portare le labbra alla bocca della donna.

Quando le sue labbra si fusero con quelle di Olivia, emozioni e sensazioni esplosero in lui. Quando la giovane ricambiò il bacio, il suo petto si contrasse, il suo cuore batté più forte, e la dolce sensazione della perfezione li avvolse in un dolce bozzolo, come se loro due fossero le uniche creature al mondo.

BJ si staccò. Stordito, respirava affannosamente. Olivia sembrava frastornata quanto lui. Si fissarono a vicenda. BJ non aveva la minima idea di cosa dire. Non aveva mai vissuto né provato una connessione del genere prima di allora. Non aveva mai voluto una connessione del genere… il genere che lo avrebbe legato a un singolo posto. Che lo avrebbe trattenuto sulla terraferma per un tempo indefinito.

Olivia era speciale e non c'era nulla di ordinario nel loro incontro. Stare con lei gli dava la sensazione che la vita non sarebbe mai stata più la stessa.

"Non sono sicuro che sia stata una buona idea," riuscì a dire infine, lieto che le sue parole avessero perlomeno un suono coerente. Aveva bisogno di prenderla con calma e capire cosa stava accadendo. Non avrebbe sopportato di farle del male.

Olivia lo guardò frastornata. Aggrottò le sopracciglia. "Forse hai ragione," disse. "Anche se, perlomeno, questa volta non ci sono paparazzi in giro."

BJ rise, allentando la tensione. "Speriamo."

Un istante di silenzio si protrasse tra di loro prima che lui annuisse al posto occupato fino a poco prima da Olivia. "Siediti e tieniti forte. Stiamo entrando in acque profonde."

In più di un senso, pensò BJ mentre accelerava e mandava la barca a prendere il volo sopra le onde.

Lontano dalla costa della Florida, le tonalità tropicali di foglia di tè e spuma di mare si univano come i pezzi di un puzzle nella fascia in cui l'acqua bassa sfumava lentamente nei toni più profondi della giada e dello zaffiro. Era una bellezza che Olivia adorava. E della quale aveva sentito la mancanza.

L'acqua aperta e la brezza calda e salmastra erano un richiamo per lei. L'odore delle alghe e dell'aria fresca le riempì i polmoni, rendendo perfetto il momento. Ma persino tutto ciò non era paragonabile alla magnifica sensazione delle labbra di BJ sulle sue. Il bacio aveva scagliato la bellezza e la meraviglia di quella giornata nella stratosfera.

Il suo cuore batteva all'impazzata mentre attraversavano l'acqua. "Era da tanto tempo che non uscivo in mare," esclamò al di sopra del rumore del mare. Un tempo aveva amato l'acqua aperta e la pesca in alto mare. Vi si era crogiolata, aveva amato ogni aspetto della vita: lo snorkeling, la pesca, il surf, il windsurf… e aveva amato anche Adam Davies.

Non pensava ad Adam da molto tempo. Volontariamente.

Adam era stato tutto, per lei, ai tempi delle superiori. E quando erano partiti per il college, intenzionati a trascorrere il resto della vita assieme, tutto era perfetto. O così aveva creduto lei.

"Perché no?" chiese BJ. "Se ti piace tanto, come mai sei rimasta lontana? Sul serio." I capelli gli sferzarono la fronte quando i loro sguardi si incrociarono.

"Per molte ragioni," rispose nervosamente Olivia. Era snervante guardarlo e rendersi conto di volerlo baciare di nuovo. "Di cui preferisco non parlare." *Avevano appena discusso e già lui era tornato a curiosare.*

Olivia osservò l'acqua, sperando che i delfini che nuotavano a fianco della barca cambiassero argomento per lei.

Si augurò che BJ avrebbe lasciato cadere l'argomento, perché l'uomo aveva risvegliato dentro di lei qualcosa che non provava da tempo. Dai tempi di Adam, per la precisione. Questi era l'ultima persona alla quale lei avrebbe voluto pensare, ora come ora… eppure lo fece.

Adam aveva avuto intenzione di diventare biologo marino; lei, un'ecologa. Avevano sognato di viaggiare insieme per il mondo. E poi, all'ultimo anno, come se niente fosse, Adam le aveva rivelato di avere un'altra. E tutto d'un tratto, se n'era andato.

Portando con sé i loro sogni e condividendo la loro vita col suo nuovo amore.

Olivia aveva scoperto che Adam aveva frequentato l'altra donna per un anno, prima di dirle tutto, senza che lei si accorgesse di nulla. *Di nulla.* Era stata un'umiliazione immensa.

Distrutta, furiosa e imbarazzata, Olivia non aveva detto nulla a nessuno.

Dopo quello che era accaduto, le era stato impossibile perseguire lo scopo che si era prefissata un tempo. Il cuore non glielo aveva permesso.

Aveva investito tutti i crediti utili accumulati per conseguire la sua nuova laurea in relazioni pubbliche. Era brava con le parole e con le persone, per cui le era sembrata una buona idea.

"Perché hai cominciato a lavorare nelle relazioni pubbliche?"

Quella era una domanda a cui poteva rispondere. "Essendo cresciuta in una famiglia numerosa, ho imparato a essere diplomatica e a risolvere i problemi. Ho pensato che sarebbe stata una carriera adatta." Era in parte ciò che aveva appena pensato, anche se non tutto. "Non si possono avere cinque fratelli e tre sorelle e non imparare a parlare. O a essere diplomatiche, alle volte." Olivia sorrise. Quello era stato anche un buon modo per concludere l'università senza rivelare ai suoi genitori quanto Adam l'avesse lasciata distrutta. Invece, aveva semplicemente detto loro che il cambiamento nella direzione della sua vita li aveva allontanati. Sospettava che avessero subodorato qualcosa – ed era certa che le sue sorelle lo avessero fatto – ma era sempre stata ferma nel sostenere di amare la sua nuova carriera.

"Ti piace?" BJ sembrava scettico, considerato soprattutto il parere che aveva espresso riguardo alla clientela di Olivia.

"Mi entusiasma; o almeno, mi entusiasmava all'inizio." Era vero. "Ora comincia a stancarmi," disse onestamente. "E il problema con Brad non aiuta." *Anzi, poteva essere stato la scusa giusta per lasciare*

Hollywood e tornare a casa per un po'. Il pensiero la colpì dal nulla.

Fu una rivelazione sconcertante.

"È ora di pescare," esclamò BJ quando vide dei gabbiani volare in cerchio davanti a loro. Degli uccelli che volavano sopra l'acqua significavano pesce, molto pesce, ed era chiaro che Olivia non stava facendo pensieri felici. Dopo aver gettato l'ancora, BJ andò a prendere le canne. Voleva aiutarla a rilassarsi e a godersi una giornata spensierata, non stressarla di più. Sorrise e agitò la canna al suo indirizzo. "Sei pronta a buttare l'amo in acqua?"

"Sì. Mi chiedevo se, in quanto capitano, tu non ti stancassi mai di queste cose. Ma ora sembri un bambino in un negozio di dolci."

BJ le rivolse un gran sorriso. "Ho scelto questo mestiere perché lo amo. Non mi annoio mai. Potrei pescare per tutto il giorno, tutti i giorni, per il resto della mia vita. Non fraintendermi: ci sono anche altre cose che mi piacciono, ma questo è il lavoro dei miei sogni. È la mia vita."

Era vero.

"È splendido. Pochi possono dire una cosa del genere."

"Sì, lo so. Non lo do per scontato." BJ fece segno a Olivia di venire a prendere la canna. Le loro mani si sfiorarono e la scintilla di quella che BJ ora sapeva essere l'alchimia che c'era tra loro lo attraversò. La donna deglutì a fatica quando le sue dita si avvolsero attorno all'impugnatura, al che lui la lasciò andare. *La cosa importante era pescare, non baciare. Per quanto lui volesse baciarla.*

La osservò mentre maneggiava con fare esperto la canna e rimase colpito dalla sua competenza. "Si vede che non è il tuo primo rodeo."

Olivia rise. "So pescare. I rodei sono tutta un'altra cosa."

BJ ridacchiò, apprezzando la risata di lei. "Non condividi la passione di tuo fratello per il bestiame e tutto il resto?"

"No. Cam ha sempre saputo di voler diventare un cowboy. Era stranissimo, per lui, vivere sulla costa e sapere che da grande avrebbe trascorso la vita a cavallo. I miei genitori gli hanno fatto prendere tutte le lezioni di equitazione che voleva al piccolo maneggio vicino al resort. Ma come accade con i tetti, io non ho mai amato salire a cavallo. Mentre ho sempre amato pescare."

Allora perché, si chiese un'altra volta BJ, *aveva smesso?* Era assurdo, ma qualcosa nell'espressione che Olivia aveva mostrato poco prima gli aveva fatto capire che aveva dei ricordi dei quali non voleva parlare.

"Non fraintendermi." BJ prese a sua volta una canna da pesca. "Mi piace anche trascorrere del tempo con una bella donna. Ecco perché oggi è una giornata perfetta: pesco e sto con una bella donna nello stesso momento."

"Adulatore," disse lei, con un piccolo sbuffo carino che lo fece ridere. "Allora, come hai iniziato questa carriera?"

"Mio padre era un grande appassionato di pesca. Ricordo ancora le gite che facevamo quando ero bambino. Le adorava. Ma ne abbiamo fatte poche. Un giorno, quando eravamo in acqua, ricordo che lui mi disse che, se avesse potuto scegliere una carriera, sarebbe stata quella del capitano navale. Non era cresciuto vicino all'acqua e aveva scoperto di amarla solo tardi, molto dopo essere diventato un commercialista."

"Volevo appunto chiederti che lavoro facesse."

"Il commercialista, appunto. Ed era anche molto bravo. Non gli dispiaceva come lavoro, ma non era la pesca. Quando era in barca, era come eri tu prima: vivace, entusiasta. Quando hai cominciato a parlarne e una volta che abbiamo avuto l'acqua sotto ai piedi, hai cominciato a brillare, Olivia. Lo stesso valeva per lui. Quando lui e mia madre morirono, il ricordo di mio padre che sapeva cosa lo rendeva felice mi ha aperto la strada per la vita che ho oggi. L'ho scelta grazie a lui. E mi ha portato una grande felicità."

Oltre ad averlo portato a Windswept Bay e da Olivia.

Come il calore del sole in una giornata primaverile, quella consapevolezza calò su di lui. Era vero.

Ma sarebbe bastato a trattenerlo? Era possibile che rimanere in un posto gli desse soddisfazione?

CAPITOLO SETTE

Olivia inclinò la testa e guardò BJ. "Sei soddisfatto," disse. BJ era l'uomo più soddisfatto che lei avesse mai conosciuto e la cosa la attraeva. "Me ne sono accorta non appena ti ho conosciuto."

Le tremò lo stomaco quando lo sguardo dell'uomo si soffermò sul suo viso.

"Ora tocca a me farti una domanda," disse BJ. "Perché hai rinunciato a qualcosa che amavi tanto?"

"Insisti, eh." Era un atteggiamento fastidioso, ma significava anche che l'uomo era molto interessato a lei e questo era carino. *Molto* interessato, dato che continuava a cercare di spingerla ad aprirsi.

"Lo sono quando si tratta di qualcosa che mi sta a cuore. E Olivia, ti ho già detto che tu mi stai a cuore."

Si fissarono a vicenda mentre la barca ondeggiava sull'acqua. BJ distolse lo sguardo per controllare il punto in cui stavano pescando, poi lo riportò su di lei e Olivia rimase ammaliata.

Non era pronta ad aprirsi, e tuttavia era attratta da lui. "Non hai finito di raccontarmi come mai sei diventato capitano."

Voleva distogliere la conversazione da sé, ma anche sapere tutto di lui.

"Dopo la morte dei miei genitori, mi sono ricordato di ciò che mi aveva detto mio padre e ho scelto di fare ciò che mi diceva il cuore. Quando ne ho avuto l'occasione, ho preso i soldi che avevo ereditato e ho comprato questa barca. Poi mi sono diretto verso quest'isola. Ho trascorso parecchio tempo nelle Keys, a Marathon e oltre il Seven Mile Bridge, nelle acque attorno al Bahia Hondo National Park, dove portavo la gente a pescare il tarpone. In molti sono disposti a pagare per imparare a pescare i tarponi e altri pesci difficili di quelle acque. I bei ricordi mi hanno dato delle buone fondamenta per cominciare il mio lavoro. Lilly è venuta con me e ha fatto volontariato al parco per un po', prima di andare per la sua strada. Ma il tempo che abbiamo trascorso laggiù è stato di grande aiuto a entrambi. Lilly va ancora a fare la volontaria là, periodicamente."

"Sembra proprio un luogo importante per voi. Anche a me piace molto quella zona," concordò Olivia. "Una volta, mio padre ci ha portato tutto la famiglia; siamo stati per due settimane in una di quelle casette che ci sono al parco. Era un luogo fantastico, molto frequentato, ma potevamo correre e andare in bicicletta, nuotare e pescare quanto volevamo."

"I tuoi ricordi sembrano molto simili ai miei."

"Strano, eh? Dov'è tua sorella adesso?"

"Anche lei si è dedicata a ciò che ama e fa una vita da nomade: passa da un parco naturale all'altro, lavorando e vedendo il Paese. Ora si trova a

Yellowstone, o almeno credo. Non riesco mai a tenere il suo passo. È ora che la chiami e veda come sta. Entrambi abbiamo quello che definisco un animo irrequieto."

Questo confermava la prima impressione di Olivia. *BJ era irrequieto.* All'improvviso, il filo della sua canna prese a girare all'impazzata. "Ho preso qualcosa!"

"Eh sì. Si balla," esclamò BJ, affiancandosi a lei.

Olivia sorrise nel guardarlo; dentro di lei, entusiasmo e adrenalina galoppavano come se fosse stata sorpresa da una tempesta di elettricità. "Questo sì che è divertente."

"Ecco qualcuno che la pensa come me," disse l'uomo, lo sguardo carico di entusiasmo.

Le ginocchia di Olivia si piegarono e per poco lei non si dimenticò del pesce che aveva abboccato. Quel ritorno a casa aveva preso una piega imprevista e, all'improvviso, Olivia desiderò che la giornata non finisse mai.

Era tutto perfetto.

E poi le suonò il cellulare.

Il suono colse alla sprovvista Olivia, che strattonò la lenza. Subito il filo si ruppe e il grosso pesce all'altra estremità si diede alla fuga. Non era nemmeno riuscita a vederlo.

"Ma dai," esclamò sconcertata Olivia. "Sono stata in un sacco di posti, sulla terraferma, dove non c'era campo o c'era un servizio terribile; ma qui, a quindici miglia e passa dalla costa, il mio telefono è raggiungibile."

"Avrei dovuto portarci un po' più al largo." BJ le rivolse una smorfia mortificata che la fece sorridere mentre tirava fuori il cellulare dalla tasca.

"Può darsi, ma questo è Levi. Se non fosse riuscito a raggiungermi, avrebbe potuto pensare che qualcosa non andasse, dunque è meglio così." Olivia premette il pulsante Accetta e si portò il telefono all'orecchio. "Pron–"

"Dove sei?" sbraitò Levi, senza nemmeno salutare.

Era infastidito, questo era certo. "A pesca. Sono in barca con BJ."

"A pesca," ringhiò suo fratello. "Beh, detesto interromperti, ma il tuo entourage è appena arrivato."

"Il mio entourage." Per poco Olivia non si mise a ridere… il che sarebbe stato un errore, considerato quanto era serio il tono di voce di suo fratello. Levi non era proprio dell'umore di scherzare. "Dove hai imparato quella parola?" chiese, escludendo l'ilarità dalla voce.

"Ehi, non è il momento. Quella gente è ridicola. Devi tornare qui. Sono dappertutto, fanno domande a tutti e stanno cercando di scoprire dove ti trovi."

Un'ora prima, quella notizia l'avrebbe turbata. Ora Olivia guardò BJ e, in quel momento, la cosa non le parve più tanto importante.

"Olivia, ci sei?"

"Sì, scusa, Levi. Stavi dicendo?"

"Che quella gente ronza come uno sciame di mosche attorno al resort, disturbando tutti. Non capisco perché lo facciano."

Olivia ridacchiò. "Levi, per loro una foto vale

molto denaro. È il loro lavoro. Brad è sulla cresta dell'onda, in questo momento: il suo nuovo film è in cima alle classifiche. Una foto potrebbe valere una somma a cinque cifre per loro, forse anche di più."

"Vuoi dire che c'è qualcuno disposto a pagare diecimila sacchi o più per delle foto di te?"

"Wow, Levi. Cos'è, non pensi che una mia foto valga tanto?" Olivia non riuscì a trattenersi dal prendere in giro suo fratello.

"Non credo che la foto di nessuno valga diecimila dollari. Ma credo che tu valga più di quanto il denaro possa comprare."

"Risposta esatta," disse lei, commossa.

"Per quanto mi riguarda, è l'unica risposta possibile. Ora, potresti tornare qui in modo da decidere quale sarà la mossa successiva? Voglio assicurarmi che tu sia al sicuro da quei deficienti. Cali ha detto che alcuni di loro sono molto maleducati e invadenti, e che stanno calpestando i fiori di Jillian come se fossero erbacce. Non mi fido di loro. Io, Jake e Trent ti aspettiamo a casa di Shar. Sarebbe venuto anche Max, ma ieri sera l'hanno chiamato ed è dovuto andare in missione."

Olivia sussultò. Max adorava la sua carriera nelle forze speciali militari, ma lei si preoccupava sempre per lui.

"Siete a casa di Shar?" chiese, cacciando la preoccupazione per Max nella stanza delle preghiere del suo cuore.

"Sì. È un problema? Sei con BJ, allora?"

Olivia detestava l'idea di aver complicato ulteriormente il lavoro, già duro, di capo della polizia di Levi.

"Sì, sono con BJ. Gli dirò di riportarmi indietro."

"Com'è che non mi sorprende il fatto che tu sia con lui?"

"Ehm, non saprei. È un problema?" chiese lei, riecheggiando le parole pronunciate da Levi pochi istanti prima.

"No, per niente."

"Ottimo. Arriveremo presto." Olivia mise giù.

BJ aveva già recuperato le lenze e rimesso a posto le canne mentre Olivia parlava. Ora si recò al timone e attese che lei si sedesse.

"Suppongo tu abbia già capito che ci tocca tornare a riva."

"L'avevo intuito. Tieniti stretta e raccontami tutto mentre andiamo."

"Certo. Sono arrivati i reporter," disse Olivia.

"E Levi è preoccupato per te."

Olivia si rese conto che quella non era una domanda. BJ stava affermando un fatto, come se avesse capito tutto.

"Sì. Vuole che andiamo da lui in modo da stabilire un piano."

"Ottimo. Tutto, pur di tenerti al sicuro."

"Sono solo dei reporter. Non ho mai avuto paura di loro; è solo che non voglio rispondere alle loro domande."

"E loro hanno fatto una lunga strada per una storia, il che mi fa capire – e probabilmente lo ha fatto capire anche a Levi – che la vogliono disperatamente. Meglio essere cauti e preparati."

"Allora è tempo di tornare indietro." Olivia si lasciò cadere sul sedile, rendendosi conto di essere più arrabbiata per la conclusione della giornata con BJ piuttosto che per il caos che stava impazzando a riva.

Quando BJ attraccò, il molo era pieno di uomini della famiglia Sinclair.

C'era Sam, il padre di Olivia, assieme a Levi, Jake e Trent. BJ non sapeva dove fosse Max, ma sapeva che Cam era tornato nel Texas dopo il matrimonio di Gage e Shar. Aveva trascorso poco tempo con la famiglia di Olivia, ma sembrava che quelle persone fossero pronte ad affrontare il mondo intero per lei. A BJ questo piaceva; decise che si sarebbe unito a loro. Nessuno avrebbe fatto del male a Olivia o l'avrebbe offesa con lui nei paraggi.

Quei cosiddetti giornalisti avrebbero fatto meglio a stare attenti, perché non avevano avuto una buona idea a spiattellare il suo nome e la sua reputazione sulle copertine dei loro giornali-spazzatura o a seguirla attraverso la nazione, fino a casa sua.

"Non mi sembrano contenti," disse BJ.

Olivia gemette e si massaggiò la fronte. "No. Sembrano pronti a venire alle mani. In cosa ho cacciato la mia famiglia?"

BJ le rivolse un'occhiata accigliata. "In nulla. Non è colpa tua. Non hai chiesto tu a Brad di afferrarti in mezzo alla strada e di baciarti di fronte alle macchine fotografiche." Avvicinò lentamente la barca al molo e gettò una cima a Jake. "Grazie," esclamò.

"Figurati." Jake prese la cima al volo e si inginocchiò per legare la barca al molo. "Sono felice di sapere che Olivia era con te."

"Già," esclamò Trent mentre afferrava la parte posteriore della barca e prendeva la corda portagli da BJ. "Con tutti quegli imbecilli che girano per l'isola a cercarla, è bello sapere che era con te."

BJ fece per dire che anche lui era contento, ma Olivia parlò per prima.

"Mi ha portata a pescare. Non ho bisogno di sorveglianza."

"Questo lo dici tu," ribatté Jake.

"Noi la pensiamo diversamente," aggiunse Trent in tono teso.

L'espressione di Olivia si caricò di esasperazione, ma invece di ribattere ancora una volta ai suoi fratelli, la cui determinazione era palese, la donna rivolse la propria attenzione al padre, che le tese la mano.

"Papà, tu non eri preoccupato, vero?" Olivia guardò il genitore e accettò il suo aiuto a scendere dalla barca.

"Sì, invece. C'è almeno una dozzina di uomini appostata fuori dal resort e non so quanti altri stiano girando nascosti tra i cespugli, pronti a saltarti addosso e a importunarti. Per non parlare di quelli che si sono posizionati di fronte a casa nostra." L'uomo prese Olivia tra le braccia. "È bello averti a casa. Anche se le circostanze non sono gradevoli, sono felice che tu sia tornata da noi."

Olivia passò le braccia attorno alla vita del padre e BJ vide l'amore sul suo viso mentre lo abbracciava. "Mi dispiace di averti fatto preoccupare."

"Non è colpa tua," disse l'uomo… proprio come aveva fatto BJ. "Ora vediamo cosa possiamo fare per sistemare questa situazione ridicola." Il suo sguardo severo incrociò quello di BJ sopra la testa della donna. "Quella gente non sa ancora che lei sta a casa di Shar. Ma sono lieto che tu fossi con lei, nel caso qualcuno di loro si fosse presentato."

"Anche io sono felice di essere da queste parti."

Olivia si rivolse ai fratelli. "Scusatemi, ragazzi. E grazie per essere venuti."

Levi annuì e, finalmente, prese la parola. "Hai fatto bene a scegliere di andare a casa di Shar: è più difficile scoprire il suo indirizzo, dato che lei non vive ufficialmente là."

"Vero," concordò Jake. "I paparazzi sono venuti a curiosare nei pressi del mio negozio e anche Trent li ha visti."

"Uno di loro mi ha pedinato mentre andavo al cantiere a controllare i lavori, questa mattina," disse Trent. "Non è stato contento quando gli ho detto che stava violando una proprietà privata e gli ho mostrato l'uscita." Sorrise spavaldo e BJ ebbe la sensazione che il fotografo non si fosse fermato a lungo.

Trent ridacchiò. "Poi un altro mi ha seguito quando sono andato a correre e ha cercato di starmi dietro." Fece un gran sorriso. "Gli ho fatto fare un bel giro dell'oca."

Olivia rise. "Trent è un ex-marine. Credo che

potrebbe correre per giorni."

BJ rise. "Ben fatto."

Trent si strinse nelle spalle. "È stato divertente."

Il rumore di un elicottero fece voltare tutti verso la spiaggia.

BJ lo vide in lontananza, che volava lungo la costa. "Spero che sia solo la Guardia Costiera in un giro di pattuglia. Ma tanto per essere sicuri, forse dovremmo fare entrare Olivia in casa."

"Ha ragione," concordò Levi. "Diamoci una mossa, nel caso quell'uccellaccio non sia amichevole."

Sam e BJ si misero al fianco di Olivia mentre tutti si incamminavano lontano dal molo e attraverso la sabbia.

"Voi andate avanti." Jake li oltrepassò correndo e si lasciò cadere su una sdraio. "Li aspetto io." Si sfilò la camicia tropicale blu scuro, sfoderando un gran bel pacco di addominali che ben si abbinavano ai pantaloncini da bagno. "Voglio vedere se è uno dei miei amici della Guardia Costiera o uno di quelli che perseguitano Olivia."

"Una volta che l'avrai scoperto, vieni in casa,"

ordinò Levi. "E comportati bene."

"Ehi, sono solo un tizio che si sta abbronzando. E poi, per motivi personali, spero che sia quella nuova recluta donna che è arrivata in città la settimana scorsa. D'altra parte, quando avrà dato una bella occhiata a questi addominali, potrebbe far precipitare l'elicottero nell'oceano."

"Ti ho detto di comportarti bene," ringhiò Levi da sopra una spalla. Jake si limitò a ridere.

"D'accordo, d'accordo," disse ridacchiando.

Olivia guardò BJ e scosse la testa.

"I fratelli," fu tutto ciò che disse; ma le sue labbra guizzarono verso l'alto.

Il gruppo raggiunse il bungalow. Olivia salì i gradini con grande determinazione e BJ si chiese cosa avesse in mente.

CAPITOLO OTTO

Olivia si rivolse agli uomini che amava e a BJ, l'uomo al quale si era affezionata nel breve periodo da che si conoscevano.

"D'accordo, ragazzi," disse in tono fermo. "Mi fate paura: sembrate pronti a dichiarare guerra ai fotografi. Lasciate che ci pensi io. È il mio lavoro."

"Non più." Levi indicò il piano della cucina, dove una pila di giornali scandalistici erano disposti, aperti, sul bancone.

Olivia ebbe un tuffo al cuore quando lesse uno dei titoli: "Dietro le quinte della storia d'amore tra Brad

Pearson e Olivia Sinclair." Rimase a bocca aperta, inorridita, alla vista di alcune foto raffiguranti Brad e una donna che entravano in un albergo. Il volto della donna non si vedeva, ma la corporatura era simile a quella di Olivia. "Quella non sono manco io," borbottò; poi afferrò un'altra rivista che mostrava il titolo "Olivia Sinclair licenziata dalla sua agenzia per la storia con Brad Pearson."

"Non so come funzionino le cose a Hollywood, ma qui ci prendiamo cura dei nostri parenti e non ti lasceremo affrontare tutto questo da sola."

"Levi, ho capito. Devo fare una telefonata prima che tu ti metta ad arrestare chiunque abbia una macchina fotografica."

BJ se ne stava al piano della cucina, senza dire nulla. Quando Olivia estrasse il cellulare di tasca e lo oltrepassò, dirigendosi verso la propria camera da letto, le posò una mano sul braccio.

"Ti senti bene?" chiese dolcemente.

Lei annuì, fin troppo consapevole del fatto che il tocco dell'uomo le facesse venire voglia di buttarsi tra le sue braccia. "Sì." Lo oltrepassò e si diresse verso la camera da letto.

"Stiamo solo cercando di proteggerti," esclamò Levi, palesemente frustrato.

"So proteggermi da sola," sbottò lei, perdendo la pazienza. Chiuse la porta e fece scattare la serratura.

Chiamò subito il suo capo, Kate. Avrebbe dovuto farlo subito dopo lo scoppio dello scandalo. La politica aziendale era chiara: non era permesso avere relazioni coi clienti. Ma Kate sapeva che Olivia non avrebbe mai oltrepassato quel limite. Sapeva che le accuse erano false.

Kate rispose al secondo squillo.

"Kate, hai letto i tabloid?"

"Sì, e purtroppo è tutto vero. Lui è il nostro miglior cliente e per quanto tu mi piaccia, Olivia, la nostra agenzia lo rappresenta. Non posso perdere quel genere di clientela."

Olivia ebbe un tuffo al cuore. Sapeva che Kate stava dicendo il vero e, all'improvviso, non gliene importava nemmeno. "Giusto. È chiaro."

"È solo una questione di affari, Olivia."

L'impulso di dire qualcosa di cui si sarebbe

certamente pentita era forte, per cui Olivia si morse la lingua e trattenne parole amare, dicendo semplicemente: "Sono tutte menzogne e tu lo sai benissimo."

Aveva le lacrime agli occhi, ma se le asciugò col dorso della mano. Sapeva che Kate non aveva scelta, ma soffriva comunque. Aveva sempre lavorato bene e non le piaceva l'idea di aver perso il lavoro per qualcosa che era completamente al di fuori del suo controllo.

"Sappiamo entrambe che le persone, e soprattutto le celebrità, a volte fanno cose strane per attirare l'attenzione."

"Vero. Ma mi sembra comunque un gesto azzardato da parte di Brad." Olivia sapeva inoltre che, senza l'attore, lei non valeva granché in termini giornalistici. "Lo scandalo si spegnerà. Sono troppo lontana da Hollywood, al momento, e più tempo quei tizi trascorrono accampati a Windswept Bay, meno guadagneranno. Non rimarranno qui a lungo."

"Questo è vero. È il motivo per cui sei andata così lontano?"

Olivia ci pensò su. "In parte sì. Ma onestamente, non ci avevo pensato prima di oggi. Inconsciamente, sapevo che allontanarmi dal baccano mi avrebbe aiutata. O almeno, ci spero. Ma parte di me era pronta a tornare a casa. È ora che io ripensi alla direzione della mia vita e a ciò che desidero. Non ci sono problemi, Kate." All'improvviso, si rese conto che era davvero così.

"Non ne sono comunque felice."

Kate era una donna d'affari scafata e, a conti fatti, la sua attività si fondava sulla soddisfazione dei clienti. Era triste, ma vero. Se avesse scelto di appoggiare Olivia, avrebbe perso la fiducia dei suoi clienti e tutti i suoi sforzi sarebbero finiti nel lavandino, proprio come aveva fatto la carriera di Olivia.

"Buona fortuna," fu tutto ciò che disse Olivia nel chiudere la conversazione. Guardò fuori dalla finestra e vide Jake dirigersi verso la casa.

Qualcuno bussò alla porta della sua camera da letto. "Olivia," disse Levi. "Dobbiamo parlare."

Sospirando, Olivia andò ad aprire la porta. "D'accordo. Parliamo." Oltrepassando suo fratello, rientrò in cucina e proseguì in salotto.

Jake entrò nella casa. "Era la Guardia Costiera, per cui il tuo segreto è ancora al sicuro. Per quanto mi riguarda, invece, potrei avere un appuntamento."

"Ti piacerebbe," borbottò Trent.

"Piantatela, voi due," esclamò Levi. "Cos'hai in mente, Olivia?"

Lei passò in rassegna il gruppo. "Ecco come stanno le cose, ragazzi: da sola, la sottoscritta non fa certo notizia. I paparazzi non rimarranno a lungo, una volta capito che Brad non c'è. Hanno bisogno di foto da vendere per fare cassa. Pedinare celebrità di Hollywood paga più che pedinare persone comuni e noiose; di conseguenza, il fattore chiave in questa faccenda saranno i dollari. Per questo, ho deciso di comportarmi normalmente. Vivrò la mia routine quotidiana, senza nascondermi. Presto i paparazzi si annoieranno e l'avidità li spingerà a spostarsi dove possono guadagnare."

BJ sembrava sul punto di mangiarsi le unghie. "E se diventassero violenti? Sai che è possibile. Potrebbero importunarti o metterti all'angolo. O magari cercare di farti arrabbiare," proseguì. "Non puoi andare in giro da sola, punto e basta."

L'affermazione enfatica e protettiva dell'uomo non mancò di attirare l'attenzione di Olivia… e, lei ne era sicura, quella di tutti i suoi fratelli e di suo padre.

Tutti gli sguardi si voltarono verso BJ. Dal canto suo, l'uomo la stava fissando senza batter ciglio. Le sue parole avevano scatenato in lei un brivido.

"Mi rifiuto di lasciarmi intimidire dai paparazzi." Olivia teneva alla sua indipendenza, sebbene al tempo stesso fosse felice per il fatto che BJ avesse intenzione di proteggerla. "Mi è capitato spesso di rilasciare dichiarazioni per conto di clienti. In passato, ho sfruttato i paparazzi quando avevo bisogno di diffondere determinate informazioni. È solo che, a volte, loro tendono a esagerare e la situazione degenera. Ma non mi è mai capitato."

Ogni singolo uomo della famiglia di Olivia ebbe un sussulto nel sentirle dire tutto ciò.

"Assolutamente no," grugnì Levi.

Suo padre non pareva felice. "Siamo abbastanza numerosi da far sì che non ci sia bisogno che tu giri da sola.”

“Ma–”

“Che ne diresti se io ti portassi a cena?” disse BJ. “Lasceremo che i paparazzi ti vedano e che facciano qualche foto di me che ti accompagno. Potrebbero persino trovare una nuova storia per il povero, triste Brad.”

Levi gli diede una pacca sulla spalla. “È l’idea migliore che io abbia sentito oggi.”

E così, come se niente fosse, fu presa una decisione.

BJ andò a prendere Olivia all’ora di cena e insieme si diressero verso il paese. Lei avrebbe voluto essere furiosa per il fatto di essere stata costretta a quell’appuntamento, ma non lo era. Era invece ansiosa di trascorrere del tempo con BJ e, sebbene adorasse la sua famiglia, la presenza dell’uomo in quella situazione le aveva consentito di mantenere almeno in parte il controllo. Il fatto che volesse davvero stargli vicina e trascorrere la serata con lui era un di più. E il fatto che lui volesse starle vicino la scaldava dentro.

La prima cosa che vide quando si avvicinarono al resort fu lo sciame di paparazzi in un angolo, con le macchine fotografiche pronte. Il suo stomaco si annodò a quella vista. *Come mai?* Non l'avevano mai innervosita prima di allora; ma del resto, in passato non era mai stata lei la protagonista della storia. Non era mai stato suo il nome stampato a tutta pagina. La sua privacy non era mai stata minacciata e quello che le stava accadendo le dava ora un nuovo punto di vista su ciò che i suoi clienti vivevano regolarmente. Era qualcosa di sbilanciante.

"Dove vorresti andare a cena?" chiese BJ, come se quella fosse stata un'uscita normale.

Olivia rise di fronte a quella domanda noncurante e questo allentò in parte la tensione che la affliggeva. "Ottima domanda." BJ si era fermato al semaforo rosso in vista del resort. "Potremmo andare al resort, oppure proseguire verso Casablanca."

"Ma al resort ti stanno aspettando e lo scopo di questa serata è farti vedere, no?"

Olivia fu travolta dal disappunto. "Sì, hai ragione.

Andiamo al resort. Almeno le mie sorelle ci guadagneranno un po' di pubblicità."

"Ho sentito dire che ci sono degli ottimi ristoranti da quelle parti."

"Sì, mamma e papà hanno sempre fatto in modo che il cibo fosse eccellente e le mie sorelle hanno proseguito lungo quella strada. Il Windswept Bay Resort è famoso non solo per l'ospitalità, ma anche per la cucina." Era vero. "Forse il ristorante migliore sarebbe quello sulla spiaggia. Non è lussuoso, ma c'è una bella atmosfera e saremmo visibili agli spettatori sulla spiaggia."

BJ sorrise. "Sembra perfetto. Andiamo e diamo loro qualcosa di cui parlare."

Olivia rimase stupita da quell'affermazione. "D'accordo," disse, insicura di cosa l'uomo avesse in mente. Il bagliore negli occhi di lui quando ripartì allo scattare del verde la fece innervosire un poco. "Spero tu sappia che non è necessario dare loro *troppe* cose di cui parlare."

BJ rise. "Ti sta venendo paura?"

"No. È solo che non so cosa ti passa per la testa."

"Che sto per portare una bella donna a cena in una romantica serata al chiaro di luna sotto le stelle."

"Oh." Le parole dell'uomo le provocarono un brivido di eccitazione.

"Ti prometto che starò attento. Improvviseremo una cosa per volta."

BJ fermò la macchina sotto al portico e subito i portieri aprirono loro la porta e li accolsero. Prima che chiunque potesse dire qualcos'altro, qualcuno gridò il nome di Olivia e si scatenò un putiferio quando tutti i fotografi uscirono di corsa da cespugli e aiuole. Uno di loro scavalcò addirittura in un balzo una pila di valigie, cercando di raggiungere Olivia per primo. Subito le ficcò la macchina fotografica in faccia e iniziò a scattare mentre le urlava delle domande.

Un portiere fu spintonato via da un altro uomo e dalla sua macchina fotografica. Nel giro di qualche istante, Olivia aveva le spalle alla porta e nessuna via di fuga.

"Come ci si sente ad avere l'attenzione dell'intera nazione in quanto donna di Brad Pearson?"

"È vero che porti in grembo suo figlio?"

"Che cosa?" chiese sconcertata Olivia, cercando di individuare la persona che aveva fatto quella domanda assurda.

"Da quanto tempo va avanti la vostra storia?" gridò qualcun altro.

Olivia conosceva il suo mestiere e sapeva come si comportavano abitualmente i paparazzi, ma era la prima volta che essi si concentravano su di lei. Era sconcertante.

BJ, che nel frattempo aveva girato di corsa attorno alla macchina, si fece largo tra la folla. "Indietro," ringhiò, sgomitando brutalmente nel raggiungere Olivia e frapporsi tra lei e i fotografi. "Allontanatevi subito, o vi allontano io."

"E tu chi sei?"

"Questa è una minaccia."

"Certo che lo è. E non è una minaccia a vuoto. Ora andatevene."

Nel vedersi difesa in quel modo, Olivia provò un'emozione fortissima. Non riuscì a trovare le parole mentre BJ la raggiungeva, una volta che i paparazzi ebbero lasciato loro lo spazio richiesto. Olivia lo guardò: l'espressione dell'uomo era feroce mentre le passava un braccio muscoloso attorno alle spalle.

"Tutto a posto?" chiese con dolcezza. Lei annuì. In quel momento avrebbe voluto fare una sola cosa: baciarlo. "Ottimo. Scusami: mi hanno colto alla sprovvista con quell'assalto."

"È tutto a posto," riuscì finalmente a dire Olivia. "Sei venuto in mio aiuto. Sono felice di averti dalla mia parte."

"Non potrebbe mai essere altrimenti." BJ si chinò a mormorarle nell'orecchio: "Ce la puoi fare. Io sono qui solo per darti sostegno."

Olivia sorrise, adorando il modo in cui il fiato caldo di lui le accarezzava la pelle. Lo guardò negli occhi mentre BJ si allontanava e sorrideva; sentiva gli scatti delle macchine fotografiche, ma non gliene importava nulla.

"Ehi, tu chi sei?" chiese un uomo, facendosi avanti per scattare un primo piano.

"Sono uno a cui non piace avere la tua macchina fotografica su per il naso. Indietro," scattò BJ."

"Ehi, amico, non te la–"

"Mantenete le distanze e nessuno perderà la pazienza. Non ho alcun problema a togliervi quelle macchine fotografiche. La signorina Sinclair risponderà alle vostre domande solo se vorrà farlo; in caso contrario, noi proseguiremo col nostro appuntamento. Ora lasciate un po' di spazio alla signora."

"Ehi, noi abbiamo un lavoro da fare."

"Ho mai detto che me ne importava qualcosa?" ribatté BJ. "A me importa solo di Olivia."

Il cuore di Olivia accelerò i battiti a quelle parole; non guardò BJ, ma riuscì comunque a visualizzare la gelida minaccia nei suoi occhi, aiutata dal fatto che i fotografi mantennero le distanze. *Era una situazione molto intensa.*

Olivia sollevò la mano. "D'accordo, datevi tutti una calmata. Parlerò con voi. Risponderò a una domanda per volta, ma vi dico subito che non c'è nulla tra me e Brad Pearson. Non so esattamente perché Brad abbia deciso di baciarmi, quella volta, o perché abbia continuato a rilasciare dichiarazioni che non sono altro che il frutto della sua fantasia. Sicuramente ha le sue ragioni, ma io non le conosco. Se sono queste le risposte che cercate, dovrete chiedere a lui. E lui non è qui."

"Perché eri con lui in quell'albergo?"

"Molti di voi sanno già che ero semplicemente la sua addetta alle relazioni pubbliche, il suo tramite coi media. Il nostro avrebbe dovuto essere un semplice consulto incentrato sui suoi bagordi della sera prima. Tutto lì. Sono rimasta sconcertata quanto voi da quel bacio. Come ho già detto alla mia famiglia e ai miei amici, quel bacio mi ha colta alla sprovvista e non significa assolutamente nulla per me. O per lui. Al contrario di ciò che vi ha spinto a credere."

"In che senso ti ha colta alla sprovvista?"

"Nell'unico senso possibile: è sbucato fuori dal nulla. Non c'è nulla di romantico tra di noi."

Per poco Olivia non scoppiò a ridere di fronte all'incredulità sui volti dei reporter.

"Come no. E noi dovremmo credere che non sia accaduto *nulla* in quella stanza d'albergo?"

Subito BJ strinse Olivia a sé. "Non mi piace il tuo modo di parlare," disse in tono scontroso al paparazzo che aveva appena parlato.

Olivia gli appoggiò una mano sul petto e gli diede una piccola pacca. Sollevò lo sguardo su di lui e sorrise, nella speranza di calmarlo e di attirare meno l'attenzione. Non aveva bisogno di una rissa sulle prime pagine dei tabloid.

Non appena BJ la guardò, i flash impazzirono. Troppo tardi, Olivia si rese conto di quale regalo avesse appena fatto ai paparazzi. Quello che sembrava un abbraccio romantico sarebbe comparso sulle copertine di tutti i tabloid. Con suo stupore, BJ le sorrise e ammiccò; per un attimo, Olivia pensò che l'avrebbe baciata. L'uomo abbassò la testa, ma poi si fermò e si tirò indietro. Invece di baciarla, la strinse dolcemente, per poi concentrarsi sulla folla.

"Se volete una storia, non è qui che la troverete. Posso assicurarvi che Olivia non ha cercato quel bacio da parte di Brad Pearson, perché sta con me e non ha bisogno di nulla da lui."

Olivia sussultò nell'udire quelle parole; poi, prima che avesse il tempo di mettere ordine tra i suoi pensieri, BJ la colse a sua volta alla sprovvista con un bacio.

Avrebbe voluto essere furiosa. E lo era davvero, ma al momento non riuscì a far altro che aggrapparsi a lui e tenerlo stretto mentre le macchine fotografiche scattavano e lei sperimentava il bacio della sua vita.

Fu più del bacio sulla barca. Quello fu un bacio potente, devastante, che annunciava chiaramente a tutti i presenti che lei era la donna di BJ.

I tabloid ci sarebbero andati a nozze.

Ma a lei non importava nulla. BJ aveva lanciato un guanto di sfida e, d'istinto, Olivia gli buttò le braccia al collo e se lo tenne stretto.

CAPITOLO NOVE

Aveva perso la testa, concluse BJ a metà del bacio con Olivia. *La reputazione di lei era in ballo e lui si stava comportando proprio come quell'infame di Pearson.*

Ma si rese conto che avrebbe potuto continuare a baciare Olivia per il resto della sua vita.

Ma così facendo, avrebbe potuto farle del male.

Lentamente, il buonsenso riprese il sopravvento e BJ si staccò, abbassò lo sguardo sulla giovane e si preparò al suo sdegno.

Invece, Olivia sorrideva. "Beh," mormorò,

"quando hai detto che avresti dato loro qualcosa di cui parlare, non stavi scherzando."

"Questo potrebbe causarti ulteriori problemi."

"Al momento, non me ne importa nulla." Ciò detto, Olivia lo colse di sorpresa, prendendogli la testa per avvicinarla alla sua e baciandolo profondamente.

"Volete andare avanti per tutto il giorno?" gridò qualcuno.

Olivia ridacchiò contro le labbra di BJ. "Può darsi."

Lui sorrise agli obiettivi delle macchine fotografiche. "Se vogliamo. Non siamo qui per divertirvi. Potete andarvene quando volete."

Olivia ridacchiò e lui per poco non scoppiò a ridere di fronte alle espressioni dei fotografi.

Poi abbassò lo sguardo sulla donna. "Potrei andare avanti a baciarti per tutto il giorno e lasciare che loro scattino mille volte la stessa foto, ma sto morendo di fame. Tu no?"

Olivia annuì. "Andiamo dentro."

Tenendola stretta a sé, BJ si fece largo tra i fotografi. Un uomo maturo, in piedi accanto ai portieri, indicò loro la porta aperta.

"Horace," esclamò Olivia. "Grazie."

"Va' dentro, signorina. Qui ci pensiamo noi."

Olivia avrebbe voluto abbracciarlo, ma decise che sarebbe stato meglio entrare. La situazione si era evoluta in maniera decisamente inaspettata.

"Grazie," disse BJ all'uomo maturo che Olivia aveva chiamato Horace. Questi annuì seccamente e li spinse praticamente attraverso la porta, che si chiude subito alle loro spalle. BJ voltò la testa e vide che diversi portieri e fattorini si erano messi di fronte a tutti gli ingressi. La farsa era finita. Almeno per il momento.

"Chi era quel tizio?"

"Horace Finley. È il tuttofare e l'addetto alla manutenzione del resort da quando ero bambina. Penserà lui a fare in modo che i ragazzi tengano lontani i paparazzi dall'ingresso. Ma la spiaggia è pubblica: non possono impedire loro di accedervi. Per cui, potremmo subire ulteriori attentati." Olivia rise.

"Beh, ti prometto che non ti bacerò più. Spero di

non averti reso la vita più difficile."

La donna inclinò la testa e lo colpì coi suoi occhioni. "E se io volessi che tu mi baciassi ancora?"

"Per quanto la cosa mi piacerebbe, ho paura di cosa quella gente schiafferà sulle copertine delle riviste di domani."

"E chi se ne importa? Ho perso il lavoro. La mia reputazione è già a pezzi. Cosa cambia un bacio in più o uno in meno? E poi, questo mi è piaciuto."

"Ehi, voi due," chiamò Cali dal piano di sopra. "Avete dato un bello spettacolo."

"Come hai fatto a vederci?" chiese BJ. Poi capì: c'erano delle telecamere.

"Sorridi: sei su *Candid Camera*." Cali rise. "Vieni. Jillian è al telefono col ristorante per farvi preparare il tavolo."

"Che i giochi proseguano." Olivia ridacchiò e gli fece strada attraverso il gruppetto di persone nella lobby dell'hotel e su per la scala a chiocciola.

"Sembravate molti intimi, là fuori. Volevate finire in prima pagina domani?" chiese Cali non appena le ebbero raggiunte.

"È successo e basta," disse Olivia alla sorella maggiore.

BJ rimase in silenzio, lasciando che le sorelle parlassero tra di loro. Poteva solo immaginare le complicazioni che si sarebbero manifestate l'indomani, quando i fratelli e il padre di Olivia avrebbero visto le copertine delle riviste. Era ragionevolmente sicuro che non avrebbero sorriso nel vedere le foto. Le sorelle, invece, sembravano fare buon viso a cattivo gioco; anzi, parevano finanche entusiaste della situazione, considerato che stavano prendendo accordi per la cena. Era assurdo.

"Abbiamo dato per scontato che avreste voluto cenare vicino alla spiaggia, per cui stiamo facendo preparare il tavolo migliore. Se i paparazzi vogliono altri scatti, se li dovranno sudare."

Al loro ingresso, Jillian stava mettendo giù il telefono. "Levi ci ha messe al corrente del piano, dunque ci siamo mosse in anticipo. È tutto pronto. Ma nostro fratello non ci aveva detto che il piano prevedeva di diffondere nuove voci." Jillian e Olivia erano quasi identiche… e, per la maggior parte delle persone, questo era quanto. Ma BJ sapeva riconoscere il bagliore negli occhi di Olivia e il modo in cui la donna soppesava sempre la questione prima di parlare. Gli veniva istintivo. Anche Jillian era molto bella, ma fin dal momento in cui BJ l'aveva conosciuta in ospedale, durante l'operazione a cui Gage era stato sottoposto d'urgenza, non aveva provato per lei altro che semplice simpatia.

Con Olivia, invece, aveva avvertito un'alchimia istantanea nel momento in cui le aveva toccato la mano e l'aveva guardata negli occhi, quella mattina in cui la donna era rimasta bloccata sul tetto.

"Grazie per tutto quello che stai facendo, BJ," disse Jillian, facendo breccia nei suoi pensieri.

"Lo faccio volentieri," rispose lui. "Sapevamo che i paparazzi erano appostati da queste parti. Avevamo pensato di costringerli a faticare per trovarci, ma alla fine abbiamo deciso di darci un taglio e di farci vedere."

Cali e Jillian erano tutte sorrisi.

"Oh, vi siete fatti vedere eccome." Cali ridacchiò.

"Spero di non aver complicato la vita a Olivia con

quello che è successo là fuori."

Jillian e Cali osservarono Olivia, che pareva del tutto tranquilla.

"A me sembra che stia bene," cinguettò Cali.

"Anche a me," concordò Jillian. "Ora andate. La notte è giovane e l'amore aleggia nell'aria di Windswept Bay."

BJ non sapeva come rispondere e comunque non ne ebbe il tempo: Cali aprì una porta in fondo alla stanza e Olivia lo prese per un braccio e lo condusse fino a una scala all'esterno della struttura.

Non sapeva come, ma aveva la sensazione di aver perso il controllo della serata. E tuttavia, era più che pronto a trascorrere un po' di tempo da solo con Olivia.

Il sole era sospeso sul pelo dell'acqua mentre Olivia e BJ percorrevano il pittoresco ponte di assi che conduceva all'incantevole ristorante all'aperto che dava sulla spiaggia e sull'acqua. I tavoli a lume di candela nella veranda erano tranquilli e molto romantici. Olivia sentì palpitare lo stomaco all'idea di sedersi finalmente con BJ e godere, almeno in parte, di un po' di privacy.

Ad accoglierli fu Blair, una ragazza gentile che Olivia non conosceva. Li accompagnò a un tavolo all'angolo della veranda. Un grosso vaso da fiori separava il tavolo da tutti gli altri.

BJ si fermò a quella visione. "È sempre così?"

"Onestamente, è da un po' che non vengo qui, ma ho come il sospetto che quel vaso sia apparso poco fa su ordine della direzione."

"Mi sembrava una posizione un po' strana. Ma sono felice di vederlo. Sembra che le tue sorelle si stiano godendo la serata quasi quanto me." BJ ridacchiò e tirò indietro la sedia per Olivia.

"Credo che tu abbia ragione." Olivia sorrise alla giovane che li aveva accolti nell'accettare il menu che questa le porse. "Grazie per l'organizzazione."

"Oh, non c'è di che. A proposito, vi faccio notare quegli scogli," disse la ragazza, indicando la spiaggia e la zona rocciosa, "che rendono difficile ficcanasare ai ficcanaso."

BJ rise. "Ma tu guarda. Dovranno faticare se

vogliono fotografare questa cena."

"Proprio così. È questo il piano."

"Le tue sorelle hanno un gran bel senso dell'umorismo. Mi piace."

Olivia si guardò attorno. "Mi chiedo se non siano da qualche parte a guardare nella speranza che qualche fotografo venga travolto dalla marea."

BJ parve sconcertato. "Vuoi dire che andranno là fuori e si bagneranno?"

"Oh, non troppo. Solo un poco, se non se ne andranno prima dell'alba."

"Beh, finché non è pericoloso e non ci toccherà andare a salvarli, immagino che vada bene così. L'ultima cosa di cui abbiamo bisogno è finire sui giornali perché abbiamo messo in pericolo qualcuno."

Olivia gli diede un colpetto sul braccio. "Smettila di preoccuparti. Sono adulti e non gliel'ha prescritto il medico di salire sugli scogli. Soprattutto visto che ci sono cartelli dappertutto che dicono di tenersi lontani. Hanno già scattato abbastanza foto. Hanno delle dichiarazioni da citare tra virgolette. Possono pure andare a casa." Era sincera: era davvero stanca di quella gente. Voleva solo godersi quella serata in compagnia di BJ senza distrazioni.

L'uomo le coprì la mano con la propria. "Mi sono goduto ogni singolo istante di questa giornata inaspettata. E ti assicuro che, nel caso dovessi baciarti ancora per gli obiettivi, lo farò senza esitare. Sono tuo, Olivia Sinclair."

La pelle di Olivia formicolò e il suo cuore tuonò a quelle parole. Cercò di non tradire le proprie emozioni. "Ma avevi detto che non ci sarebbero stati altri baci," disse senza fiato.

BJ sospirò. "Un uomo fa ciò che deve. In caso di necessità, non mi tirerò indietro."

Come faceva quell'uomo a farla sorridere con ogni fibra del suo essere? "Spero proprio che sia necessario."

"Anch'io."

Forse non voleva che i paparazzi andassero via così presto, dopotutto.

CAPITOLO DIECI

Olivia si svegliò sorridendo il mattino dopo.

Si alzò presto e bevve una tazza di caffè in veranda, godendosi l'alba e pensando alla splendida giornata prima.

La cena era stata fantastica, ma avrebbe potuto mangiare cartone e non se ne sarebbe accorta. BJ era ipnotico. Si erano presto persi nella conversazione e si erano persino dimenticati delle macchine fotografiche e delle foto che esse stavano o non stavano scattando. Non avevano nemmeno badato a chi si fosse arrampicato o meno sugli scogli, rischiando di essere sorpreso dalla marea.

Olivia aveva chiesto ancora una volta a BJ dei suoi sentimenti riguardo al fratello che aveva appena scoperto di avere. E subito aveva capito di aver toccato un punto dolente.

L'uomo si era irrigidito. "È dura rendersi conto di avere una famiglia dalla quale sei stato tenuto lontano. Quando penso a mia madre, mi sento tradito, e la cosa non mi piace. Però mi chiedo anche: perché è scappata con me? Ma no, non è solo scappata: mi ha nascosto. Perché?"

Anche Olivia se lo chiedeva.

Forse l'avvocato avrebbe saputo rispondere alle domande di BJ.

Lui e Lilly avevano seguito i loro sogni dopo aver perso i genitori, ma era chiaro che a BJ mancava la sorella. Sperava che prima o poi, Lilly sarebbe venuta a Windswept Bay.

Sperava inoltre che due giorni dopo, quando Gage e Shar sarebbero tornati dalla luna di miele, i due fratelli avrebbero potuto cominciare a formare un legame.

Si rese conto di essere a sua volta ansiosa di trascorrere del tempo di qualità coi suoi genitori, i suoi fratelli e le sue sorelle. Senza paparazzi. La situazione in cui si trovava BJ le aveva fatto vedere la sua famiglia da un punto di vista diverso e la faceva sentire felice di essere a casa. Dopo aver finito il caffè, si alzò ed entrò in casa. Era ora di vestirsi. Avrebbe trascorso un po' di tempo con la sua famiglia mentre decideva cosa avrebbe fatto della sua vita dopo che lo scandalo si fosse sgonfiato.

BJ era uscito presto per starsene un po' tranquillo sull'oceano di prima mattina. Era il suo momento preferito della giornata, soprattutto quando aveva bisogno di riflettere.

Presto avrebbe dovuto cominciare a portare un po' di gente a pescare per rimpolpare il suo conto in banca. Ma non ancora. Stavano accadendo molte cose nella sua vita; aveva bisogno di tempo.

Gli sembrava ancora impossibile di aver ereditato una fortuna. Non riusciva nemmeno a pensarci, nonostante fossero trascorse quasi due settimane da quando aveva appreso la sua vera identità.

Guadagnava bene portando la gente a pesca. Non era certo ricco, ma aveva una vita che la maggior parte delle persone avrebbe invidiato, nonché tutto quello di cui aveva bisogno. Ed era libero di andare dove e quando lo voleva, il che non aveva prezzo.

La consapevolezza di possedere più di quanto gli servisse e più di quanto avrebbe mai potuto spendere lo inquietava. Doveva proprio parlare con quell'avvocato. L'indomani sarebbe stato un buon momento, si disse. Ma era pronto. Era ora di sistemare tutto, perché aveva cose più importanti del denaro e persino della sua eredità a cui pensare. Doveva concentrarsi su Olivia.

Quella donna era fantastica e BJ non riusciva a togliersela dalla testa. Era sempre nei suoi pensieri. Tutto il resto era stato ficcato in un angolino, mentre lei riempiva tutto lo spazio con la sua arguzia, il suo fascino e la sua bellezza.

Che era notevole.

Se avesse potuto averla, BJ avrebbe rinunciato a tutto il resto, persino alla sua barca e al suo modo di vivere. Non era andato a letto dopo averla portata a casa dopo un'incredibile cena durata tre ore, tempo trascorso a parlare di tutto. E a ridere, cosa di cui lui aveva avuto molto bisogno.

Sapeva che avrebbe fatto tutto il necessario per verificare se ci fosse una possibilità per loro, dopo che le loro vite si fossero sistemate ed entrambi avessero ritrovato l'equilibrio.

Non c'erano dubbi: si stava innamorando di lei.

Attraccò verso le otto; stava assicurando la barca al molo quando lanciò un'occhiata verso la casa di Shar, nella speranza di intravedere Olivia che beveva il caffè in veranda. Quello che vide lo raggelò.

C'era un uomo, seminascosto tra gli alberi, che osservava la veranda sul retro. Se non fosse stato per la maglietta rossa, BJ forse non lo avrebbe notato. *Che razza di ficcanaso professionista indossava una maglietta rossa per nascondersi nei cespugli?* BJ non attese risposta: partì di corsa attraverso la sabbia, nella speranza di raggiungere la linea degli alberi prima che l'uomo si voltasse e lo vedesse.

Era palese che non lo aveva sentito arrivare con la

barca; probabilmente, pensò BJ, qualcuno dall'alto dei Cieli gli aveva dato una mano.

Quando raggiunse gli alberi, si mosse lentamente e silenziosamente attraverso i cespugli fino ad arrivare a circa tre metri dalla carogna.

"Mani in alto e non scappare, o sparo," ringhiò. Il suo era un bluff: non portava armi.

L'uomo si immobilizzò e lasciò cadere l'enorme macchina fotografica. "Non sparare," disse. "Sono disarmato." Per sua fortuna, la telecamera era legata a una cinghia che portava al collo e non toccò terra.

BJ non provò alcuna compassione nei suoi confronti. E pensò che, se necessario, le foto nella macchina avrebbero potuto costituire una prova incriminante.

"Tu stai violando una proprietà privata e spiando una mia amica," osservò BJ.

"No, sono sulla spiaggia. È pubblica."

"A occhio e croce, quella che hai sotto i piedi mi sembra più erba che sabbia." BJ tirò fuori il cellulare. "Chiamo i rinforzi. Tu stai buono."

"Non ce n'è bisogno. Sono già qui." Levi girò

l'angolo del bungalow. Non aveva un'aria felice. Non si era rasato e i suoi occhi erano due fessure cupe mentre prendeva le manette che portava alla cintura.

"Ti trovi in una proprietà privata e sei stato ripreso da diverse telecamere di sicurezza. Passerai un po' di tempo al fresco. Tu e i tuoi soci mi avete impedito di fare il mio sonnellino, e lo sai cosa succede quando non mi riposo? Divento di cattivo umore e perdo il senso dell'umorismo e la compassione. Questo significa che tutti vanno in prigione. Niente seconde possibilità."

"Eddai. Anch'io devo guadagnare, sai. Sto solo facendo il mio lavoro."

Levi afferrò l'uomo per un braccio, lo fece voltare e chiuse le manette. "Avresti dovuto pensarci prima di curiosare. Dovresti cambiare mestiere: nella mia giurisdizione, fare i guardoni è illegale."

"Io non sono un–"

"Chiudi quella boccaccia, amico. Già non mi sei simpatico."

"Devo supporre che tu abbia la situazione in pugno?" chiese BJ.

"Sì. E ho anche mal di testa." Levi guardò storto BJ. "Grazie per avere tenuto gli occhi aperti per Olivia."

"L'ho fatto volentieri."

"Di quel bacio parleremo più tardi," aggiunse Levi.

"Cosa?"

"Già. Sono usciti i tabloid, e tu e mia sorella siete i protagonisti indiscussi. 'Un bacio senza fine' diceva uno dei titoli."

"Ah, *quel* bacio." BJ sorrise.

"Già. È così che ti prendi cura di lei?"

"A dire il vero, sì. Ma capisco perché sei arrabbiato. Credimi: le mie intenzioni sono onorevoli."

Levi inarcò un sopracciglio al suo indirizzo, poi spinse avanti lo scornato fotografo. "Nel caso tu non te ne fossi accorto, mia sorella è una donna adulta e indipendente, capacissima di decidere da sola cosa fare della propria vita. L'unica ragione per cui me la sono presa coi paparazzi è che, per me, quelli sono degli stalker. Le scelte di Olivia non c'entrano nulla. Per quel che vale, credo che voi due siate una bella coppia.

Dille di tirare le tende." Poi Levi condusse lo sconcertato fotografo dietro l'angolo della casa e fuori vista.

BJ fissò per un attimo il punto in cui i due erano svaniti, poi si diresse verso la veranda posteriore e bussò alla porta. O meglio, ci provò, perché essa si spalancò prima ancora che lui bussasse.

"Ho appena finito di parlare col centralino di Levi. Avete preso quell'uomo?"

"Tuo fratello lo sta portando in prigione."

"Ottimo. Da dove sei arrivato?"

"Dal molo. Ho visto quell'uomo e mi sono avvicinato di soppiatto."

"E io che non me n'ero accorta. Devi avergli fatto prendere un colpo."

"Non hai pensato che potesse essere pericoloso?" chiese BJ, improvvisamente alterato.

"Aveva una grossa macchina fotografica, con un obiettivo davvero gigantesco. Hai visto quell'arnese?"

"D'accordo, hai ragione. Pensavo che gli avrebbe mozzato il fiato quando l'ha lasciata cadere e gli è andata a sbattere contro il petto." BJ sorrise a Olivia e la prese tra le braccia. "È normale che i guai ti seguano sempre?"

"No. Di solito sono una persona piuttosto noiosa. So che è difficile a credersi, ma è così. Davvero."

"Ci crederò quando lo vedrò. Finora, la mia esperienza con te è consistita in un'arrampicata su un tetto e in giorni di persecuzione da parte dei paparazzi. È divertente aspettare la prossima entusiasmante puntata del *Reality Show Olivia Sinclair*."

La donna si accigliò. "Che ridere."

"È buffo."

Olivia scosse la testa. "Beh, oggi non sarò qui a farti ridere. Sto per andare a un appuntamento segreto coi miei genitori. Abbiamo dato una storia ai media, e ora voglio sparire per qualche giorno. Con un po' di fortuna, i paparazzi se ne saranno andati quando tornerò, tra due giorni."

"Sei in partenza?"

"Raggiungerò i miei genitori a Naples e staremo là per un paio di giorni. Se sarò fortunata, al nostro ritorno la gente si sarà già annoiata di aspettarmi e se ne sarà andata; così, quando Gage e Shar arriveranno a casa, tutto tornerà normale a Windswept Bay."

"Come pensi di andare a Naples? Hai bisogno che ti ci porti?"

"Hai già fatto più del dovuto ieri, e te ne sono molto grata. Ma oggi ti do un giorno di libertà. Sarà Jake a venire a prendermi e a portarmi a Naples. E poi, tu devi prepararti per il grande incontro di domani con l'avvocato. Rilassati. Anche Jake è in grado di prendersi cura di me. Lo vedo che sei preoccupato, sai."

Era vero. Ma BJ non poteva che essere d'accordo con lei: Jake aveva l'aria di uno che se la sapeva cavare benissimo. Da quel che aveva capito, il fratello di Olivia era stato nell'Esercito e ora possedeva un negozio di articoli per subacquei. Olivia era in buone mani.

Era solo che BJ non era pronto a lasciarla andare.

"D'accordo. Penserà Jake a te," concordò, per poi baciare la donna sulla fronte. E poi, lui doveva davvero prepararsi per l'indomani.

"Sei ancora preoccupato per quello che ti dirà l'avvocato?"

"Sono combattuto," ammise BJ. "Ma al contrario di quello che potresti pensare, ho trascorso molto poco tempo a preoccuparmene ieri sera. Ero distratto da qualcos'altro… o forse da qualcun'altra." Lottò contro l'impulso di baciarla.

Gli occhi di Olivia si tramutarono in una foresta nebbiosa. "Credo che qualunque cosa ci sia tra noi stia procedendo un po' troppo in fretta."

BJ si rese conto che Olivia non stava negando l'esistenza di qualcosa: ne stava semplicemente prendendo atto.

"Possiamo rallentare, se vuoi," disse lui, senza la minima esitazione. "Come preferisci."

"Siamo d'accordo, allora. Io andrò a trascorrere un po' di tempo coi miei genitori e ti lascerò il tempo di riprenderti da ciò che scoprirai domani."

Lentamente, BJ annuì; poi circondò delicatamente con le mani il volto di Olivia. Il suo cuore mancò un battito, come se fosse inciampato, quando i loro sguardi si incrociarono. "Tu mi ipnotizzi, Olivia." E poi catturò le labbra di lei con le sue.

Fu un bacio breve, ma profondo, che BJ concluse molto prima di quanto avrebbe voluto. "Spero di fare il bis la prossima volta che ci vedremo."

"Abbiamo deciso di rallentare." Gli occhi di Olivia erano tornati a brillare.

"Ma non di tornare sui nostri passi."

La donna rise piano. "Vedremo," disse in tono provocatorio.

Il cuore di BJ si sciolse.

CAPITOLO UNDICI

"Aveva ragione," disse orgogliosamente Larry Stewart il giorno dopo, sollevando un tonno rosso di discrete dimensioni. "Avrei dovuto mettere in lista un'esperienza come questa molto tempo fa. Mi ha preso all'amo." E rise della battuta.

L'avvocato era un uomo sulla settantina e aveva un modo di fare distinto, il che aveva fatto credere a BJ che avrebbe detestato la pesca in alto mare. Ma si era sbagliato: Larry adorava l'esperienza e quella, fino a quel momento, era stata una giornata molto fruttuosa.

"È davvero bravo come capitano," osservò Larry

quando BJ prese il tonno e lo mise sotto ghiaccio, assieme agli altri pesci pescati da Larry fino a quel momento. "Suo padre sarebbe orgoglioso di lei."

BJ dava le spalle a Larry quando questi fece quell'affermazione, e le parole lo colpirono come una ventata d'aria gelida. Voltandosi, incrociò lo sguardo pensieroso di Larry. "Mi parli di Milton Lancaster. So davvero poco di lui. Gage e io non abbiamo avuto molto tempo per parlare di questa faccenda. Come le ho spiegato al telefono l'altro giorno, ho scoperto che la mia vita non era esattamente come credevo fosse. È stato uno shock sapere di avere un altro padre, oltre a quello che chiamavo così e che amavo e rispettavo. Anche se devo riconoscere a Milton di aver speso molto denaro, nel corso degli anni, per cercarmi dopo che mia madre mi ha portato via ed è scomparsa. Ma sentir dire che lui era mio padre e che sarebbe orgoglioso di me è un po' sconvolgente."

Larry si sedette e assunse un'aria solenne. "Capisco. Ho conosciuto Milton per buona parte della sua vita adulta: ci siamo incontrati subito dopo il college. Per cui, posso assicurarle che era un brav'uomo. Subì un grave lutto da giovane, quando perse la sua prima moglie durante il parto e si ritrovò con un figlio neonato e nessuna idea su come crescerlo. Gage è stato allevato da bambinaie fino all'età di dieci anni, quando suo padre cominciò a portarlo al lavoro con lui. Era quello che voleva Gage e, a modo suo, Milton era felice di avere suo figlio accanto. Ma lavorava troppo; dedicava troppo tempo all'azienda e all'arricchirsi e troppo poco allo stabilire un rapporto profondo con suo figlio. Ma amava Gage. E Gage non ha mai saputo esattamente cosa avesse spinto suo padre a diventare l'uomo che era. Gli consigliai molte volte di parlargli di lei, ma ero il suo avvocato: avevo le mani legate. E tuttavia, perderla quando lei era ancora bambino lo fece precipitare in una spirale dalla quale non si riprese mai del tutto."

Era surreale sentir parlare di quell'uomo per il quale BJ avrebbe dovuto provare affetto. Dal canto suo, ne provava di più per Gage e per il modo in cui era cresciuto. Certo, suo fratello aveva avuto tutto ciò che un bambino potesse desiderare per quanto riguardava cibo, un luogo sicuro in cui crescere e le migliori cure. Ma a differenza di BJ, che aveva avuto un'infanzia felice e spensierata, a Gage era stata negata una vita normale. E ora Larry gli stava dicendo che era colpa sua. "Continuo a non capire. È tutto molto difficile da accettare."

La barca ondeggiò dolcemente sulle onde mentre BJ andava a sedersi al suo posto.

Larry annuì. "Mi segua ancora per un po'. Suo padre aveva perso la sua prima moglie, che adorava, ed era sconvolto dal lutto. E poi, quasi un anno dopo, venne qui a vedere un'azienda che stava acquisendo e conobbe una donna, sulla spiaggia, una mattina che era uscito a fare jogging. Si innamorò perdutamente di sua madre, e quell'amore lo colse di sorpresa e lo cambiò. Quell'anno, trascorse molto tempo qui a Windswept Bay. Gage era ancora molto piccolo ed era in buone mani a New York. Quando Milton scoprì che sua madre era incinta, ne fu felicissimo. Mi chiamò subito e mi raccontò la notizia. Il giorno stesso, fece modificare il testamento in modo da includere anche lei. Intendeva sposare sua madre e fare di voi un'unica, grande famiglia.

"Non lo avevo mai visto più felice. Ma sua madre – che, lo confesso, non ho mai conosciuto – amava la vita in Florida ed era fermamente contraria a trasferirsi in città. Proprio come lei." L'avvocato sorrise. "Quando lei era ancora piccolo, Milton espresse il desiderio di unire la famiglia, ma litigò ferocemente con sua madre per il fatto che lei non voleva trasferirsi. Milton aveva bisogno di stare a New York, o almeno lo credeva, per costruire l'azienda che voleva. E, come lei può immaginare, non trascorse molto tempo prima che sua madre se ne andasse con lei. Dopo quell'evento, Milton si fece emotivamente distaccato. Era come se dentro di lui si fosse spenta una luce. Il lavoro divenne la cosa più importante per lui. Ma non perse mai la speranza di trovare lei e sua madre. Non ne parlava spesso, ma quando lo faceva, era chiaro che soffriva molto."

"Perché mia madre fuggì? È una domanda che continua a perseguitarmi." BJ era dispiaciuto per Milton, ma continuava a non capire.

"Milton mi disse di aver commesso un errore: aveva minacciato sua madre, dicendole che avrebbe cercato di ottenere la sua custodia. E poco dopo, lei sparì.

"Milton si pentì di quelle parole per il resto della sua vita. Per avervi persi."

BJ tacque. Non aveva nulla da dire mentre assimilava ciò che aveva appreso. Era una situazione difficile. Ma continuava a non provare nulla per Milton, se non un senso di rammarico. Sua madre aveva fatto quella che certamente credeva fosse l'unica cosa possibile. Non aveva voluto vivere in città... e tuttavia, era palese che si fosse innamorata di Milton: dalle foto era chiaro che i due si amavano. Ma avevano desiderato cose diverse dalla vita e avuto idee diverse su come crescere il figlio.

"Per quel che vale, suo padre non ha mai smesso di volerle bene o di credere che l'avrebbe trovato. Ha mantenuto la casa qui per tutti questi anni, per via di sua madre. Non ha mai smesso di amare nemmeno lei. È pronto a esaminare il testamento? Ne ho una copia nella valigetta."

BJ fissò l'acqua calma e azzurra mentre le sue interiora si rimescolavano come se una tempesta avesse travolto la baia. "No, Larry; credo di voler pescare per un po'. Lei cosa ne dice?"

Larry sorrise. "Sono d'accordo. Dopotutto, qui dentro si parla solo di denaro e di proprietà. Quello che importa davvero gliel'ho già detto a voce. Da qui in poi, dovrete essere lei e Gage a decidere il da farsi. Io vi darò tutti i consigli che volete, ma credo che per Milton, la cosa più importante sarebbe stata che i suoi due figli diventassero fratelli."

"Sarò felice quando Gage arriverà a casa, domani. Abbiamo molto di cui parlare e delle decisioni da prendere... e sì, dobbiamo conoscerci meglio. È un bravo ragazzo; questo l'ho già capito, e non lo conosco da molto."

Larry incrociò le braccia e lo osservò. "Tuttavia, qualcosa mi dice che tutto ciò significa molto poco per lei."

"È solo che non so ancora come comportarmi, ora che sono diventato ricco. Come le ho detto al telefono, sono felice della mia vita. Soddisfatto. È qualcosa che molti non capiscono."

Larry andò a riprendere la canna da pesca. "Io

comincio a capirlo. Credo che dovrà inserirmi nel suo elenco di clienti regolari. Mi creda: se è riuscito a imparare a navigare in queste acque, imparerà anche a navigare il nuovo corso della sua vita. Essa cambierà solo se sarà lei a volerlo."

BJ ridacchiò. Larry aveva ragione. "Non ha torto, Larry."

"Ora, vorreste dirmi come mai ho visto delle foto in cui lei baciava quella bella giovane su tutte le riviste dell'aeroporto?"

BJ rise per quella domanda inaspettata. I suoi pensieri corsero a Olivia. Sperò che si stesse divertendo coi suoi genitori. Anche la donna stava imparando a navigare in acque nuove.

"Mi dica, Larry, ha tempo per una lunga storia?"

"Ho tutta la giornata. E qualcosa mi dice che sarà una storia interessante."

Il cuore di BJ si scaldò al pensiero di Olivia. "Su questo ha ragione. È davvero una bella storia."

Non appena Olivia e i suoi genitori tornarono in paese,

le sue sorelle li incontrarono alla casa di Shar per preparare la festa di benvenuto che avrebbero dato quella sera per la coppia di novelli sposi. L'arrivo del loro aereo era previsto per le quattro al St. Pete-Clearwater International Airport; la famiglia voleva che tutto fosse pronto per quell'ora.

Con sollievo di Olivia, Levi li aveva informati il giorno prima che, a occhio e croce, i suoi 'ammiratori' si erano annoiati ed erano tornati nella terra delle stelle del cinema. Le aveva inoltre mostrato alcune nuove riviste: sembrava che Brad Pearson si fosse cacciato nei guai... il che non aveva sorpreso minimamente Olivia. Qualcuno era finalmente giunto alla conclusione che la seconda foto, che tutti avevano sostenuto raffigurare lei e Brad, in realtà non includeva Olivia. E l'attore era stato colto sul fatto con la moglie di un dirigente di alto livello dello studio con cui era sotto contratto.

In quel momento, Olivia aveva capito perché Brad l'aveva baciata: il suo fisico e i suoi capelli somigliavano a quelli della donna che l'attore frequentava realmente. Insomma, Olivia era stata usata come distrazione.

"Allora," disse Jillian, entrando in casa di Shar. "Come ci si sente a essere libere dallo scandalo?"

Cali la abbracciò. "Come specchietto per le allodole, direi che se l'è cavata piuttosto bene."

Violet, la madre delle ragazze, si ravviò dietro l'orecchio una folta ciocca di capelli grigio antracite e si accigliò. "La mancanza di classe di quell'uomo è sconcertante. Il modo in cui ha usato Olivia è terribile. E lei ha perso il lavoro."

"Wow, mamma," disse Olivia, sconvolta dallo sfogo di sua madre, normalmente tranquilla. Cali e Gillian sembravano altrettanto sconcertate. "Ti voglio bene anch'io E sto bene, davvero. Nonostante tutto quello che è successo nella mia vita nelle ultime due settimane, a Hollywood e poi anche qui…" Sorrise. "È stata una delle settimane migliori di sempre."

Gli sguardi di tutti si posarono su di lei.

Cali non parve per nulla sorpresa. "C'entra qualcosa il nuovo cognato di tua sorella, per caso?"

Olivia annuì. Il suo cuore si colmava di emozione al solo pensare a BJ. "È vero. È un uomo molto gentile. E fantastico."

"Per non parlare del fatto," aggiunse sorridendo Jillian, "che bacia piuttosto bene, a giudicare da quella copertina ormai famosa."

L'espressione di Violet si intenerì. "Sei innamorata. Sapevo che avevi qualcosa per la testa, negli ultimi due giorni; e visto quanto canticchiavi, non sembrava qualcosa di brutto."

Olivia trasse un respiro profondo. *Era davvero innamorata?* "So di non aver mai provato nulla di simile prima d'ora. Ma BJ ha molti pensieri, in questo momento. Il suo mondo è stato rivoltato come un calzino, per cui mi accontento di stargli vicino mentre cerca di riorientarsi. Ci siamo appena conosciuti, ma la settimana scorsa è stata talmente intensa che mi sembra di conoscerlo da molto più tempo."

"Siete stati inseparabili per quasi tre giorni;" osservò Cali.

Tre giorni meravigliosi, concordò Olivia, che tuttavia tenne il pensiero per sé.

Non vedeva l'ora di vedere BJ e di scoprire com'era andato l'incontro con l'avvocato.

"A proposito di BJ, credo che farei meglio a chiamarlo e a informarlo della nostra festicciola, in modo da potergli chiedere se possiamo impadronirci della casa in cui ha vissuto finora. Esco un attimo."

Olivia abbandonò la sua famiglia ai preparativi culinari per la festa, uscì in veranda e tirò fuori il cellulare. Abbassò lo sguardo sulla spiaggia, verso il molo, e il suo cuore spiccò un balzo alla vista di BJ che lavorava sulla barca. L'uomo era a torso nudo e, persino da quella distanza, lei poteva vedere i suoi muscoli abbronzati luccicare alla luce del sole.

Lo vide allungare una mano verso sinistra e prendere il telefono. L'uomo guardò in direzione della casa di Shar nel rispondere.

"Sei tornata." La salutò dalla barca. "Cosa ci fai là? Vieni qui, bellezza."

Olivia rise. "Ciao, eh."

"Ciao," disse BJ in tono burbero. "Mi sei mancata."

Tre parole che significavano moltissimo. "Anche tu mi sei mancato."

"Allora perché stiamo parlando al telefono?"

chiese lui. Olivia lo guardò mentre saltava dalla barca al molo e attraversava la spiaggia.

Olivia scese dalla veranda e imboccò il sentiero sabbioso, raggiungendo la spiaggia. "Incontriamoci a metà strada." Chiuse la conversazione, poi si mise il telefono in tasca e allungò il passo. Era difficile correre con le infradito, per cui se le tolse con un calcio e continuò a correre. Il prendisole le sventolava attorno alle cosce; prima di aver percorso troppa strada, dovette afferrare la gonna e tenerla ferma mentre correva per impedire che la brezza gliela sollevasse fino alla vita.

BJ stava ridendo quando la raggiunse. "Problemi tecnici?" Con un unico movimento rapido, la prese tra le braccia e la baciò.

In quel momento, Olivia capì che nulla, nella sua vita, sarebbe stato più lo stesso. Era assolutamente innamorata di BJ. E sperava che lui condividesse i suoi sentimenti.

BJ dovette costringersi a concludere il bacio; poi si

limitò a tenere Olivia tra le braccia, a sentire il cuore della donna che batteva contro il suo. Da quando aveva scoperto che la sua vita non era ciò che aveva sempre creduto fosse, aveva avuto la sensazione di essere sospeso nel vento, come lo era stato il bel vestitino di Olivia prima che lui venisse in suo aiuto, sollevandola da terra. Olivia gli faceva quell'effetto. Quando le era vicino, BJ si sentiva di nuovo coi piedi per terra. Non sapeva cosa fare per quanto riguardava il resto delle cose che stavano accadendo nella sua vita, ma sapeva cosa sperava di avere quando guardava Olivia.

Una vita.

Per sempre.

"Allora, sono stati belli questi due giorni coi tuoi genitori?"

"Certo. Non c'era un solo fotografo in agguato nei cespugli a caccia di fotografie. Era il paradiso."

BJ rise, un rombo di pura soddisfazione nel petto. "E non ce ne sono più nemmeno qui. Proprio come avevi previsto."

"Lo so. Ho sentito dire che sono tornati a Hollywood, in cerca di un nuovo scoop su quel cattivone di Brad."

"Così dicono. Come ci si sente a essere stata una pedina del suo sinistro piano?"

Il sorriso di Olivia si allargò. La donna gli appoggiò una mano sulla guancia. "Spero che non ti dispiaccia sentirmelo dire, ma è stato grazie a quel piano che sono tornata a casa e ti ho conosciuto, per cui è stato magnifico. Non ho nulla di cui lamentarmi."

"Era questo che volevo sentire." BJ la baciò sul collo e inalò il suo profumo delicato. "Lo sai che mi fai impazzire?"

La donna sorrise. "Lo spero. Sarei delusa dal contrario."

BJ sollevò la testa con l'intenzione di baciarla di nuovo, ma poi vide tre persone sulla veranda della casa di Shar. "Sono le tue sorelle quelle?"

Olivia ebbe un sussulto. "Sì. Me n'ero dimenticata." Ridacchiò. "Colpa tua che mi hai distratto. Quelle sono Cali, Jillian e mia madre. Stiamo organizzando una festa di bentornato a sorpresa per Shar e Gage. E dato che loro due si trasferiranno per un po' in quella vostra casa grande, ti dispiacerebbe se venissimo ad addobbarla?”

“Per niente. Ho già lavato le lenzuola che ho usato e mi sono trasferito di nuovo sulla barca. Mi sto preparando per ricominciare a portare la gente a pescare, la settimana prossima.”

“Oh, ma la casa è in parte anche tua. Sono sicuro che Shar e Gage non vorrebbero che tu te ne andassi.”

“Ho parlato con Gage e ho insistito per fargli capire che la mia presenza in quella casa era solo temporanea. E, credimi, non ho mai avuto intenzione di trasferirmi là, soprattutto non con una coppia di sposini novelli. Se mai comprerò una casa, la sceglierò io e la pagherò col mio denaro.”

“Ti capisco.”

“Non fraintendermi: ho apprezzato l’offerta. Ma il fatto è che io e Gage non ci conosciamo. Tralasciando tutto ciò di sbagliato che c’è nel mio soggiornare in quella casa, io e lui abbiamo bisogno di tempo per conoscerci. E io non ho intenzione di diventare il coinquilino di mio fratello. Se mai diventerò il coinquilino di qualcuno, sarà una mia scelta personale.” Ciò detto, BJ baciò Olivia sulla fronte. “Sì, voi ragazze prendete pure possesso della casa. A me va benissimo."

BJ mise a terra la donna, al che lei si afferrò la gonna per tenerla ferma. "Sei invitato anche tu. Spero che verrai. Ci vedremo alle quattro e mezza."

"Ci sarò. Avete bisogno di una mano?"

"No, siamo a posto." Olivia lo baciò sulla guancia. "Va tutto bene? L'incontro con l'avvocato ti ha dato qualche risposta?"

"Qualcuna sì. E nonostante ciò che ho appena detto, sono ansioso che Gage e Shar arrivino a casa. Sarà bello parlare con mio fratello."

BJ guardò Olivia rientrare in casa di Shar, poi si voltò e tornò alla sua barca. Tre settimane prima, quando era approdato a Windswept Bay per la prima volta, non aveva immaginato cosa lo attendesse. Si guardò alle spalle, in direzione di Olivia, e la vide sparire in casa assieme alla sua famiglia. Poco prima aveva cercato di chiamare Lilly; aveva bisogno di sentire la sua voce. Erano settimane che sua sorella non si faceva sentire e BJ avrebbe voluto quantomeno sapere che stava bene. Lilly era uno spirito libero, che amava stare sulle sue, ma era comunque passato troppo tempo. Forse era stato il fatto che Olivia avesse una famiglia tanto grande a far capire a BJ che lui e Lilly avrebbero dovuto sentirsi più spesso. E poi, BJ doveva dirle cosa stava succedendo nella sua vita.

Scattò subito la segreteria telefonica, proprio come l'ultima volta. "Lilly, sono io. Richiamami, d'accordo? Dobbiamo parlare… Ti voglio bene. E… mi manchi." Di solito non sprecavano tempo a lasciare messaggi: ciascuno di loro sapeva di dover richiamare l'altro non appena vedeva il suo numero, per cui non aveva senso perdere tempo.

Arrivato alla barca, BJ controllò l'orologio e si rese conto che mancavano solo tre ore alla festa. Decise che tanto valeva restare ormeggiato fino ad allora; sarebbe tornato in seguito all'ormeggio che aveva noleggiato. Se voleva fermarsi a Windswept Bay – e aveva tutta l'intenzione di farlo – avrebbe dovuto procurarsi un pick-up. Lui e Olivia avevano usato la Jeep di Shar per l'appuntamento dell'altra sera, ma la prossima volta BJ avrebbe usato un mezzo proprio.

CAPITOLO DODICI

"**S**orpresa!"

La famiglia riunita scoppiò in un grido di gioia quando Gage fermò la macchina in mezzo a tutti gli altri veicoli parcheggiati. Sarebbe stato impossibile nasconderli tutti, per cui Olivia e la sua famiglia si erano dovuti accontentare di una mezza sorpresa. Ma nonostante fosse pieno giorno e il cortile fosse affollato di parenti, gli sposini sembravano stupiti.

Shar scese dall'auto alla velocità di un razzo, con un sorrisone stampato sul viso. "Oh, è bellissimo vedervi tutti!" Ciò detto, corse ad abbracciare con forza ciascun membro della famiglia.

Olivia non riuscì a contenere la gioia alla vista della sua seria sorella tanto felice.

"Ma guarda," disse Shar quando arrivò a lei. "Ci sei anche tu." La avvolse in un abbraccio. "Avevo detto a Gage che mi sarebbe toccato andare a Hollywood e rapirti per far sì che venissi a trovarci a casa."

"Confermo," disse Gage. "Ciao, sono Gage. È bello conoscerti, finalmente." Era un bell'uomo, coi capelli scuri e occhi che attirarono immediatamente l'attenzione di Olivia. Erano gli occhi di BJ. Impossibile non riconoscerli.

"Anche io sono felice di conoscerti. Mi dispiace molto di essermi persa il vostro matrimonio… entrambe le volte."

Il sorriso di Gage si allargò. "Ci sei mancata tutte e due le volte. Ma ora sei qui, e ho sentito dire che hai fatto amicizia con mio fratello." Tese la mano a BJ, che era accanto a Olivia. "Non vedo l'ora di trascorrere finalmente un po' di tempo con te. Abbiamo molte cose di cui parlare."

Olivia lo trovava già simpatico e, nello spostare lo sguardo da BJ a Gage, vide l'inizio di qualcosa di nuovo materializzarsi di fronte ai suoi occhi.

"Andiamo, su," disse Violet, rivolta all'intera famiglia. "Spostiamo la festa in casa e in veranda. C'è un sacco di cibo e molte bevande fresche. E Sam ha affumicato una bella punta di petto per tutti."

"Ora sì che parli la mia lingua," esclamò Jake, per poi guidare la carica dei fratelli dentro casa.

Olivia guardò Shar. "La mamma ha preparato da mangiare per un reggimento."

Shar la prese sottobraccio e, insieme, si diressero in casa. "Dimostra il suo amore col cibo."

Olivia prese sottobraccio la gemella. "Mi sei mancata, sai? Ma credo che rimarrò qui per un po' e vedrò se riesco a trovare un lavoro," disse mentre entravano in casa.

Shar si fermò. "Scherzi? Puoi prendere il mio posto al resort. Davvero: sei tu l'esperta di relazioni pubbliche. Chiedi a Cali e Jillian come me la cavo io. Male, ecco la risposta. Malissimo. C'è da stupirsi che non abbia fatto scappare intere comitive. Cali, Jillian, venite qui."

Olivia si sentiva un po' soffocata; ma d'altra parte, quella era Shar e non c'era da stupirsi che la sua schietta e non sempre delicata sorella non fosse esattamente diplomatica quando si trattava di relazioni pubbliche.

"Sapevate che Olivia sta cercando lavoro?"

Cali fissò Olivia e Jillian fece lo stesso. "Hai deciso di restare?"

"Credo che mi piacerebbe. Ci ho pensato molto e ora so che non me ne sono andata da Hollywood per sfuggire allo scandalo. Stavo fuggendo da Hollywood, punto. Ho cercato di amarla, ma non ci sono riuscita."

Jillian la abbracciò. "Bentornata a casa. Per caso c'entra qualcosa anche BJ?"

Olivia sorrise. "Può darsi."

"Ottimo." Shar inarcò un sopracciglio all'indirizzo di Cali. "Datele il mio lavoro. Subito. Io andrò a lavorare a tempo pieno all'Ospedale delle Tartarughe di mare. Con Olivia a gestire il resort assieme a te e a

Jillian, chissà fin dove potrete arrivare."

Cali rise. "Shar è seria, Olivia, nel caso tu non te ne fossi già resa conto. Si è impegnata molto e a noi è piaciuto tantissimo averla, ma è salvare le tartarughe di mare ciò che ama fare. Ed è quello che dovrebbe fare, anche se tu non volessi prendere il suo posto. Ma saremmo davvero felici se tu ti unissi a noi."

Jillian, che aveva annuito mentre Cali parlava, disse: "Oh, Olivia, sarebbe perfetto averti qui. Certo, sarebbe meglio lavorare tutte e quattro insieme, ma Shar è la nostra superdonna e abbiamo bisogno che ci rappresenti nel salvataggio delle tartarughe." E ammiccò a Shar.

A Olivia vennero le lacrime agli occhi. "Mi piacerebbe molto lavorare al resort con voi. Sembra davvero magnifico."

"Sì!" gridò Shar. "Grazie, Dio." Guardò il soffitto. "Sul serio, grazie. Grazie. Grazie."

"Abbraccio di gruppo!" esclamò Cali, come aveva sempre fatto quando erano bambine. Tutte si abbracciarono.

E Olivia non riuscì a credere di averci messo tanto a ritrovare la strada di casa.

Il sole era tramontato quando la festa di bentornato ebbe termine e tutti tornarono a casa. Olivia si era fatta accompagnare fino a casa di Shar da Jillian, sebbene BJ le avesse detto che l'avrebbe accompagnata a piedi lungo la spiaggia. La donna gli aveva detto che BJ doveva trascorrere un po' di tempo con Gage, e aveva ragione. Ma quella era la prima sera di Gage a casa, di ritorno dalla luna di miele, con sua moglie. BJ non si sentiva a suo agio all'idea di frapporsi tra gli sposini, ma non appena fece per andarsene, Shar lo fermò.

"Fermo lì," gli ordinò dalla cucina, dove stava mettendo l'ultima fetta di torta al cioccolato su un piatto di carta.

La donna aveva minacciato di morte i fratelli nel caso avessero mangiato l'ultima fetta di torta. BJ aveva pensato che la fetta sarebbe svanita durante gli abbracci di saluto, ma miracolosamente era rimasta sul piatto della torta.

"Non uscire da quella porta. Gage sta venendo qui con la mia valigia, poi voi due trascorrerete un po' di tempo insieme. Dopodiché, tu porterai questa fetta di torta in barca con te quando andrai via."

BJ guardò la torta. "Io? Ma è la tua torta."

Shar rise. "No, l'ho conservata per te. Significa che sono felice che tu faccia parte della famiglia." Coprì la fetta di torta con della stagnola, girò attorno al banco della cucina per andare in salotto e gliela porse. "Benvenuto in famiglia, BJ."

BJ prese la torta. "Grazie. Sai, se i tuoi fratelli scoprissero che ho avuto questa fetta di torta, potrebbero farmi del male."

Shar rise. "Hai l'aspetto di uno che sa difendersi. Ma se non vuoi la torta, posso tenermela." Fece per riprendersi la fetta, ma BJ se la tenne stretta e sorrise.

"Credo che correrò il rischio."

"Quale rischio?" Gage entrò in cucina trasportando due grosse valige.

"L'ira dei suoi fratelli quando scopriranno che tua moglie mi ha dato l'ultimo pezzo di torta al cioccolato."

"Ehi, pensavo che fosse per me."

Shar tornò in cucina e prese due forchette di plastica; poi rientrò in salotto e ne porse una a ciascuno.

"Potete dividerla. Ora andate. Ho mal di testa al pensiero di tutte le cose di cui dovete parlare. Oltre al fatto che avete appena scoperto di essere fratelli, possedete ciascuno metà di una corporazione gigantesca. Beh, io ho monopolizzato Gage fin troppo a lungo. Ora è il vostro momento, ragazzi. E godetevi la torta."

Ciò detto, uscì dalla stanza e salì le scale.

Gage era tutto sorrisi mentre la guardava allontanarsi. "Quanto la amo. È una donna davvero speciale."

BJ pensò a Olivia. Non era riuscito a staccarle gli occhi di dosso per tutta la serata. "Sembrate molto felici."

Gage annuì. "Non so cosa ho fatto per meritarmela, ma rendo grazie al Cielo. Ora vieni. Mostrami la tua barca. E porta la torta."

Percorsero il breve sentiero e attraversarono la

spiaggia fino all'approdo. La luce proveniente dalle finestre dell'alloggio del capitano illuminava il ponte mentre salivano. "Ti trovo bene," disse BJ. "La ferita del proiettile è guarita?"

"Ogni tanto ho ancora qualche fitta, ma in generale non mi dà problemi."

"Lieto di saperlo." BJ tolse la stagnola dalla torta e la appoggiò sul tavolo del ponte. Entrambi fissarono la fetta; poi, ridendo, si sedettero e presero una forchettata.

"Allora…" Gage fece una pausa mentre si infilava la forchetta in bocca.

BJ non esitò: si mise la torta in bocca quasi all'istante e stava masticando quando Gage fece scoppiare la bomba.

"Vuoi comprare la mia quota dell'azienda?"

La torta gli andò di traverso. "Cosa?" rantolò.

Gage allungò una mano per dargli una pacca sulla schiena. "Scusa. Non volevo farti strozzare."

Un attimo dopo, BJ riprese fiato e fissò suo fratello. "Vuoi che compri la tua quota? Io non voglio la tua azienda. Stavo per farti la stessa offerta. Anzi, avrei voluto tirarmi indietro, ma Larry mi ha detto che il testamento non me lo consente. Che tutto rimarrebbe comunque a mio nome e che l'unico risultato sarebbe che a te toccherebbero tutte le responsabilità, mentre io continuerei a godere dei benefici. Per cui volevo venderti tutto a prezzo stracciato."

Gage scosse la testa e, finalmente, diede un morso alla torta. "Nostro padre, nel caso tu non l'avessi già capito, era un brillante uomo d'affari. Ma era sfortunato in amore. Ci ho pensato molto. Papà lavorava tutto il tempo e conviveva con un dolore silenzioso del quale non ho mai saputo nulla fintantoché lui era in vita. E quel dolore eri tu. Da bambino, avevo tutto quello che volevo, tranne che del tempo da trascorrere con mio padre. Lui non era quasi mai a casa: viveva praticamente in ufficio. E quando non era in ufficio, era in viaggio per affari."

Gage posò la forchetta, si alzò e si recò alla ringhiera della barca. "Lo sai come mi sono sentito quando ho trovato quelle foto di lui in spiaggia, che giocava e rideva con te quando eri molto piccolo? È stato come se mi avessero strappato il cuore dal petto." La sua voce era roca per l'emozione. "Scusami," disse dopo essersela schiarita. "Tu hai avuto tutto ciò che io avrei voluto avere da bambino, ma eri piccolissimo e probabilmente non ricordi nulla dei momenti in cui furono scattate quelle foto."

"È così," disse BJ. "Ma mi dispiace che tu non abbia potuto avere quelle cose. Io le ho avute con mio padre. Il padre che ho conosciuto, intendo."

I due si fissarono a vicenda.

"Che casino." Gage rise burberamente.

"Già," concordò BJ. "Non ci capisco niente. In quelle foto, mia madre sembra innamoratissima. E devo ammettere di non averle mai visto quella luce negli occhi quando era con mio padre. Certo, era felice e amava la sua vita, ma quando ho visto quelle foto, è stato l'amore nel suo sguardo quando guardava tuo padre a colpirmi come un pugno nello stomaco. Non sapevo chi fosse il bambino, ma ho riconosciuto subito lei."

"E dunque, ecco la domanda da un milione di dollari: perché tua madre se n'è andata e ha spezzato il cuore di mio padre? Perché sono convinto che sia andata così. Mio padre aveva perso mia madre; poi ha trovato la tua e vi ha perso entrambi quando lei è scappata. Io ho perduto lui e mia madre nel giorno in cui sono nato… o almeno, ho perduto il padre che volevo. Quando avevo dieci anni e dopo che ho fatto scappare l'ultima bambinaia, lui ha cominciato a portarmi in ufficio con sé e io ho trovato una nuova famiglia nelle persone che lavoravano lì. E crescendo ho imparato il mestiere, e più imparavo, più tempo potevo trascorrere con papà."

Gage fece una pausa. "Shar mi ha aiutato a capire mentre eravamo via. Mio padre aveva perso così tanto che non riusciva più ad avvicinarsi a nessuno, se non tramite ciò che gli riusciva meglio e in cui aveva sempre successo: il lavoro. L'azienda è il suo modo di dimostrare il suo amore per noi. Non ha mai smesso di sperare di trovarti. E ha preso provvedimenti in modo che tu avessi delle garanzie fin dal giorno in cui sei stato concepito."

Quelle parole fecero sentire BJ comunque triste e a disagio. "Parte di me vorrebbe averlo conosciuto; ma se così fosse stato, forse non avrei conosciuto *mio* padre. Forse non saprò mai perché mia madre se ne andò. Tutto ciò a cui riesco a pensare è quello che ha detto Larry: tuo padre e mia madre litigarono perché lui voleva che lei si trasferisse a New York, ma mia madre aveva rifiutato. Credo sia questa la spiegazione: lei aveva paura che tuo padre, che nostro padre, avrebbe cercato di ottenere la mia custodia. E lui era ricco: era probabile che ci sarebbe riuscito."

"Lo penso anch'io. È l'unica spiegazione sensata."

"E adesso cosa facciamo?" chiese BJ. "Perché se credi che mia madre detestasse le grandi città, non sai come la penso io. Sono nato per stare là fuori." Spostò lo sguardo sull'acqua illuminata dal chiaro di luna. "Non chiuso in un grattacielo a fare soldi che non riuscirò mai a spendere."

"Allora venderemo entrambi. Per domani ci sarà già una fila di compratori. Venderemo e vivremo le vite che vogliamo." Gage tese la mano.

BJ si alzò. "Affare fatto." Si strinsero la mano.

"Qualcosa mi dice che questa è la scelta giusta. Questa casa, questa spiaggia. Questo, credo, è il luogo in cui nostro padre è stato più felice. È per questo che non hai mai venduto la casa."

BJ ebbe una fitta al cuore al pensiero di quell'uomo che non avrebbe mai conosciuto. "Probabilmente hai ragione."

CAPITOLO TREDICI

Il giorno dopo, Olivia si recò al resort. La sera prima era rimasta seduta a lungo in veranda, a guardare BJ e Gage che parlavano sulla barca. E poi, sentendosi in colpa per il fatto di averli osservati, seppur da lontano, era entrata in casa ed era andata a letto. Sperava che tutto fosse andato bene. Al suo risveglio, la barca di BJ non c'era più.

Lungo la strada per il resort, si fermò mentre guidava la Jeep di Shar oltre il porticciolo e passò lo sguardo sulle barche ormeggiate, ma non lo vide. Si disse che non doveva essere nervosa. Che lui non se n'era andato. Ma una piccola parte di lei temeva che fosse successo proprio quello. *BJ sarebbe rimasto a Windswept Bay?*

"Certo che rimarrà," si rimproverò mentre proseguiva verso il resort. Sperava che ciò che avevano condiviso nell'ultima settimana fosse stato speciale per lui come lo era stato per lei. Dal modo di comportarsi di BJ, sembrava che fosse proprio così. I suoi baci, la gentilezza che le aveva mostrato, il modo in cui la guardava: tutto le faceva pensare che l'uomo si fosse invaghito di lei quanto lei di lui.

Era troppo presto per mettersi a parlare d'amore. Era giunto il momento di lasciare che la loro relazione si sviluppasse.

Olivia doveva solo rilassarsi e lasciare che tutto procedesse lungo il suo corso naturale.

Horace stava cambiando una presa di corrente quando lei entrò nell'atrio. Subito Olivia lo raggiunse. "Horace, sono felicissima di vederti e di poterti ringraziare per averci aiutati l'altra sera."

"Olivia, speravo che saresti passata dopo che quegli avvoltoi se ne fossero andati. È davvero bello averti a casa."

"Anch'io ne sono felice. Hai saputo la novità? Inizierò a collaborare con Cali e Jillian alla gestione del resort."

L'uomo la guardò da sopra gli occhiali. "Ho sentito. E così, la Superdonna sarà libera di volare dove le pare."

Olivia sorrise nell'udire quel soprannome. "Proprio così. Ha bisogno di seguire il suo amore per le tartarughe di mare, aiutando a crescere l'ospedale e lavorando lungo la costa. E ora ha Gage al suo fianco. Sarà perfetto per lei e per me."

"Ottimo. Voi ragazze state rendendo orgogliosi i vostri genitori. Il resort sta andando bene, ha un bell'aspetto e, quando finalmente le stanze saranno rimodernate, sarà più elegante che mai."

"È tutto merito di Shar, Jillian e Cali. Spero di poter contribuire anch'io come hanno fatto loro."

"Lo farai. Non ne dubito."

"Grazie. Ci vediamo."

"Tanto sono sempre qui in giro."

Olivia sorrise a tutti coloro a cui passò accanto e

notò che molti dipendenti la guardavano due volte. Il fatto che fosse la gemella identica di Jillian avrebbe creato diverse situazioni buffe… All'improvviso si rese conto che BJ non aveva mai confuso lei e Jillian, tranne che in occasione del loro primo incontro. Da quel momento in poi, era sempre riuscito a distinguerle.

Non che lei e sua sorella fossero state molto spesso assieme in presenza di BJ; e tuttavia, lei aveva la sensazione che lui sarebbe sempre riuscito a riconoscerla. *Perché, e come faceva a riuscirci?*

Era una domanda che aveva intenzione di fargli.

Entrò in ufficio sorridendo. "A rapporto." Si divertì moltissimo alla vista dell'espressione sconcertata di Cali. "Cosa c'è, non mi aspettavi? Non stavi guardando le telecamere di sicurezza?"

Cali balzò in piedi e corse da lei. "Sono entusiasta che tu sia qui. È solo che non mi aspettavo che avresti cominciato subito dopo che ne avevamo parlato."

Olivia posò la borsetta. "Cali, non riuscirei a sopportare di stare ferma ancora a lungo. E, a onor del vero, ho paura che se continuassi a non avere nulla da fare, mi metterei a stalkerare BJ e a guardarlo con occhi voraci."

Cali si portò le mani alle guance e rise.

"Ho sentito." Jillian ridacchiò mentre entrava dalla porta alle spalle di Olivia. Indossava jeans e una camicia larga da lavoro, e aveva le ginocchia sporche di terra. In mano portava una pianta in vaso, che appoggiò sulla scrivania prima di voltarsi verso Olivia e farle un gran sorriso. "Ignora il mio abbigliamento: è giorno di lavori in giardino. Sei bellissima e non sembri per nulla vorace, e ho la sensazione che BJ non obietterebbe all'idea di averti nella sua vita ventiquattr'ore al giorno. Ieri sera non riusciva a staccarti gli occhi di dosso. Si è persino offerto di accompagnarti a casa."

Cali concordò. "Ma tu gli hai negato quel privilegio e sei tornata a casa con Jillian."

"BJ aveva bisogno di trascorrere del tempo con Gage."

"Vero." Jillian si tolse una foglia dalla manica. "Ma voleva trascorrerne con te. Era palese."

"Sono una donna adulta, indipendente e in

carriera, e mi sento un po' vulnerabile quando c'è di mezzo lui."

"Non ce n'è bisogno." BJ svoltò l'angolo. "Scusate; non volevo origliare. Ma ti stavo cercando e ora ti ho trovata. Olivia, il mio mondo è saldo e giusto quando ci sei tu. Prima di arrivare a Windswept Bay, credevo di essere un uomo felice. Ora lo sono solo quando tu sei con me."

La raggiunse e Olivia dovette reggersi appoggiando una mano sulla scrivania, da tanto girava la stanza all'improvviso. "Per me è lo stesso," disse. "Volevo solo darti spazio. Sei stato di grandissimo aiuto la settimana scorsa."

BJ la prese tra le braccia. "Ieri sera, Gage e io abbiamo deciso di vendere le Lancaster Industries. Abbiamo parlato a lungo di nostro padre; poi, quando alla fine ci siamo separati e lui è tornato in casa, non desideravo altro che vederti. Raccontarti di ciò di cui avevamo parlato. Mi sembrava che mancasse qualcosa, altrimenti."

"Ti amo, BJ," disse Olivia, incapace di contenere ulteriormente i suoi sentimenti.

L'espressione di lui si fece seria. "E io amo te. Sebbene non abbia fatto alcuno sforzo e non me lo meriti, sto per diventare un uomo molto ricco. Questo vuol dire che posso andare dove voglio, vivere dove voglio, e io voglio stare solo dove sei tu. Che il denaro non significa nulla per me, se non un mezzo per fare del bene. Ma persino questo non significa nulla senza di te."

Olivia sorrise tra le lacrime quando BJ si inginocchiò.

"Olivia Sinclair, mi vuoi sposare?"

Olivia si chinò a baciarlo. "Sì," mormorò contro le sue labbra.

BJ si alzò e la prese tra le braccia, gli occhi azzurri colmi di tenerezza. "Questo è il momento migliore della mia vita." Poi la baciò fino a lasciarla senza fiato e sollevò la testa. "No, era quello." E la baciò ancora.

Quando lui si staccò, Olivia si rese conto che erano soli e che la porta dell'ufficio era chiusa. "BJ, non riesco a crederci."

"Credere a cosa? Che ti amo?"

"No." Olivia si guardò attorno. "Che vorrei che ci

fosse stato almeno un paparazzo per documentare quel momento speciale in cui ti sei inginocchiato e mi hai chiesto di sposarti."

BJ sorrise. "Forse il poveretto che Levi ha arrestato è ancora in cella. Potremmo chiedergli di farci una foto."

Olivia ridacchiò. "Poverino. Credo che preferirei che tu mi baciassi… per sempre."

"Questo *sì* che si può fare. Sempre." E BJ portò le labbra a quelle di Olivia per dimostrarlo.

Altri Volumi Della Serie Di Windswept Bay

DA QUESTO MOMENTO (Volume 1)

Ferita da un matrimonio fallito e dall'infrangersi dei suoi sogni, Cali Sinclair torna a casa a Windswept Bay col cuore colmo di sospetto e chiuso all'idea di quel vero amore che un tempo desiderava disperatamente. Decisa a non mettere mai più a rischio i propri sentimenti, si getta a capofitto nella conduzione del piccolo boutique resort della sua famiglia sulla costa della Florida, un luogo così romantico da ricordarle ogni giorno tutto ciò che non avrà mai. Ma quando, un giorno, il famoso artista Grant Ellington si presenta per dipingere un murale su una parete del resort, Cali viene colta alla sprovvista dalla sua violenta reazione all'artista. All'improvviso, ogni volta che lui la guarda, Cali trova più difficile di quanto avrebbe creduto possibile proteggere il proprio cuore.

Grant Ellington ama il suo ranch, i suoi cavalli e la sua

vita di artista famoso. Ma dopo essere sopravvissuto a un incidente aereo che ha ucciso il suo migliore amico e il loro giovane pilota, è ancora afflitto dalla sindrome del sopravvissuto quando parte alla volta di Windswept Bay. Dipingere un murale marittimo al resort doveva essere, in origine, un favore fatto a un vicino, ma basta un incontro con la bella Cali perché Grant si senta di nuovo vivo… e deciso a trascorrere del tempo sulle spiagge baciate dalla luna con lei tra le braccia…

Ma, come lui, anche Cali si porta dentro delle cicatrici. Riusciranno i due a dare fiducia all'amore che scoppietta tra di loro e a ricominciare da questo momento?

DA QUALCHE PARTE CON TE (Volume 2)

La sfacciata, supponente Shar Sinclair ha la passione per le tartarughe marine che soccorre nella zona di Windswept Bay ed è altrettanto bisognosa di libertà quanto lo sono loro. È felice della sua vita, dedicata ad aiutare nella gestione del resort di famiglia e a occuparsi della fauna che la circonda. Ma a volte rimpiange di non avere qualcuno con cui condividere la sua passione, in tutti i sensi. Eppure, ciò potrebbe significare rinunciare a parte della sua libertà, e lei non è sicura che potrebbe mai fare una cosa del genere per qualcuno…

Gage Lancaster è un milionario che si è fatto da solo ed è abituato ad avere ciò che vuole, ma negli ultimi tempi nella sua vita c'è un vuoto, un'irrequietezza, che lui non sembra in grado di colmare. Durante una visita a Windswept Bay, Gage nota una bella donna sulla spiaggia, intenta a cercare di liberare una tartaruga di mare rimasta intrappolata in una lenza, e va ad aiutarla. L'uomo rimane affascinato dal fuoco e dalla passione che si irradiano da Shar e capisce subito di

CON QUESTO BACIO (Volume 3)

Un bacio è solo un bacio… o così dicono. Ma io non sono d'accordo: questo bacio può cambiare una vita.

Ha cambiato la mia.

Siete ufficialmente invitati al matrimonio di Shar Sinclair con l'uomo dei suoi sogni, Gage Lancaster… sempre che lo sposo si presenti alla cerimonia.

Che fine ha fatto Gage?

Manca solo un'ora all'inizio della cerimonia e nessuno ha notizie di Gage, che non risponde nemmeno al telefono. Shar è pronta ad andare in cerca del suo uomo, perché è evidente che qualcosa non va.

Dopo aver ricevuto il messaggio che stava aspettando da un investigatore privato, Gage non può fare a meno di fare una deviazione importantissima mentre si dirige al suo matrimonio.

Ma la situazione sfugge presto al suo controllo e tutto, nella giornata delle nozze, sta per cambiare…

ASPETTANDO L'AMORE (Volume 5)

Jillian Sinclair ha bisogno di un uomo e ne ha bisogno subito. Sogna di diventare madre, ma il suo medico le ha appena dato una cattiva notizia: se ha intenzione di restare incinta, non le rimane molto tempo. Jillian vorrebbe trovare il vero amore, come le sue sorelle, ma si ritroverà forse costretta ad accontentarsi di qualcosa di meno pur di avere il figlio che desidera? L'ultima cosa di cui ha bisogno è che l'unico uomo che abbia mai amato e che ha perduto torni in città.

Il poliziotto sotto copertura Ryan Locke è di nuovo a Windswept Bay, ma quanto vi resterà? Ha spezzato il cuore di Jillian quando le ha preferito la sua carriera. Può Ryan essere la risposta alle preghiere di Jillian, o la sua dedizione alla giustizia glielo porterà via un'altra volta?

Non perdetevi il nuovo episodio della serie di Windswept Bay… innamoratevi ancora una volta delle spiagge assolate della splendida costa della Florida…

L'autrice

Scrittrice di best-seller, Debra Clopton ha venduto oltre due milioni e mezzo di copie. Scrive romanzi dolci, contemporanei e western, ambientati in Texas e sulle spiagge della Florida. Le sue serie sono pulite e adatte a tutti; inoltre, Debra scrive anche romanzi motivanti di ispirazione cristiana. Debra è nota per i suoi dialoghi vivaci, per i suoi eroici cowboy e le sue eroine esuberanti. Ha ottenuto riconoscimenti come il "The Book Sellers Best", il "Romantic Times Magazine's Book of the Year", il "Reader's Choice Awards" e molti altri. È stata inoltre finalista del premio "Golden Heart", organizzato dalla Romance Writers of America, e tre volte finalista del "Carol Award" dell'American Christian Fiction Writers. Texana di sesta generazione, Debra vive in un ranch in Texas con suo marito Chuck. Adora viaggiare e trascorrere del tempo con la sua famiglia. Ha scritto per la Harlequin e per Harper Collins Christian e ora pubblica con la DCP Publishing. È entusiasta di scrivere per la DCP Publishing e di vedere i suoi libri venduti in tutto il mondo.

Debra adora aiutare le persone a sorridere con le sue storie divertenti e dal ritmo concitato.

Visitate il sito di Debra: www.debraclopton.com
Date un'occhiata alla sua pagina Facebook: www.facebook.com/debra.clopton.5
Seguitela su Twitter: www.twitter.com/debraclopton
Contattatela all'indirizzo Debraclopton@yamil.com
Iscrivetevi alla newsletter di Debra e partecipate ai contest a www.debraclopton.com/contest

www.ingramcontent.com/pod-product-compliance
Lightning Source LLC
Chambersburg PA
CBHW070649100726
47907CB00007B/2148